Puppy Love!

家有帅哥~~

（德）芙劳可·休娜曼◎著　王晓芳◎译

吉林出版集团
北方妇女儿童出版社

图书在版编目（CIP）数据

家有帅狗 /（德）休娜曼著 ；王晓芳译. —长春：北方妇女儿童出版社，2011.10
ISBN 978-7-5385-5848-7

Ⅰ.①家… Ⅱ.①休… ②王… Ⅲ.①长篇小说—德国—现代 Ⅳ.①I516.45

中国版本图书馆CIP数据核字(2011)第189801号

吉林省版权局著作权合同登记号　图07-2011-3370

家有帅狗

作　　者	（德）芙劳可·休娜曼
译　　者	王晓芳
出 版 人	李文学
责任编辑	王天明　孙　健　王玉全
开　　本	880mm × 1230mm　1/32
字　　数	232千字
印　　张	7.5
版　　次	2012年3月第1版
印　　次	2012年3月第1次印刷
出　　版	吉林出版集团 北方妇女儿童出版社
发　　行	北方妇女儿童出版社
地　　址	长春市人民大街4646号 邮编：130021
电　　话	总编办：0431-85644803 发行科：0431-85640624
网　　址	http://www.bfes.cn
印　　刷	北京鹏润伟业印刷有限公司

ISBN 978-7-5385-5848-7　　定 价：28.00元

如果你从未养过狗，你就不会懂得什么是爱与被爱。

——亚瑟・叔本华

只有上帝和腊肠狗能够准确地感知人类的无能。

——乔治・米克斯（匈牙利幽默大师）

我宁愿舍弃我的丈夫，也不愿意抛弃我的小腊肠狗菲利克斯。

——茵格里德・史泰格（演员）

一

我仿佛从天堂坠落到了地狱！好吧，我起初以为这里会跟爱丽舍大酒店一样。不过我已经别无选择，只能接受。到处都潮湿、发霉、阴暗、肮脏不堪。我努力不去环顾四周，然而实在无法忽视那些遗留的龌龊痕迹。很显然，已经很久没人打扫过卫生了。我有一种想要大声叫喊的冲动——我怎么会沦落至此呢？今天早上我还在艾舍巴赫城堡的会客厅里，而现在却变成这样。这时，我真的忍不住大叫起来。

“吵死了，你这个神经病！”还没有两秒钟的时间，我的左侧突然传来一个声音。

对了，我还没有意识到：那是我的同屋，一共有四只，绝大部分都堕落不堪。我可不仅仅是以貌取人，他们就是一群没有教养的暴民，如果是像我一样的贵族的话，至少应该向初识的朋友表示热烈欢迎才对。我的族谱要追溯到1723年，而现在我身边这些无知的家伙肯定都不会知道马克伯爵和马克小丸子的区别。

我的眼前浮现出了外公的音容。“名叫冯·艾舍巴赫的都是上流社会的人，永远不要忘记！”他总是习惯这样说。外公，你现在要是看到我就知道——我已经完全沦落到了社会底层。想到这里，我叫得更加响亮了。真希望有人能够把我从这里拯救出去！

“来，亲爱的，冷静下来。”有一只手穿过铁栏杆抚摸着我的耳根说，“我给你拿来了一些可口的食物，吃过之后，你会觉得整个世界都会和现在不一样，第一天总是糟糕透顶。”

嗯，那是一个温柔的声音。我好奇地向旁边望去，想看看这温柔的声音是从哪里来的。在狗舍旁边蹲着一个年轻的姑娘，穿着工装裤，正愉快地对我笑着。她的手上残留着裤袋里那种低档布料的味道，尽管如此，刚刚她抚摸我的感觉仍然令我感到安慰。我舔了舔她的手指，她咯咯地笑起来。

“呀，你喜欢这个味道，是不是？”她轻声对我说。

是啊，他们肯定不知道，在曾经住过的那个腊肠犬舍，我每餐吃的都是新鲜的内脏。我只在极个别的情况下吃成品狗粮，那是因为我们的厨师艾米利亚生病或者休假了。一想起艾米利亚，我的小心脏就揪在了一起，我忍不住抽泣起来。今天早晨向她告别的时候，她泪流满面。真不知道人类为什么总是这样多愁善感，不过今天是我有生以来第一次希望能用什么来回报她的情感，哪怕是流下一点眼泪。

“可怜的小家伙，还是这么不舒服吗？”女护理员同情地问，“别担心，你这么可爱，我们肯定能很快给你找到一个主人。我保证！”然后她又一次摸了摸我的头，就把手收了回去。

我转过身，缓步走向犬舍的另一个角落，一束阳光刚好在那里投射出一片明亮的光晕，我想给自己找个舒服点的地方。

显然我不是唯一有这个想法的，我刚准备躺下，有个巨大的褐色

Puppy Love!

的东西踩住了我的脚趾。

“小短腿，我觉得你还是换个地方吧。这是我的地盘。”为了加以强调，他说完最后一个字之后嗓子里发出了嘶哑的呜噜声。

真是个可笑的笨蛋！他是不是以为凭他这点本事就能把我从这里吓走？想当年我的祖先曾经和先皇一起去狩猎。我摇了摇头。

“我认为……”在这样一个对我极为不利的处境中，我尽量做到有身份地回答他，“……这种地方应该不至于高雅到需要预订座位吧？我先到这里的，并且不打算换到别处去。您同意吗？”我用这一席话把这位不知道贵姓的先生赶向另一边，而我迅速地趴在了那里。他不知所措地望着我，可能是从未受到过这种非武力的文明对抗吧。我很满意地伸了伸懒腰。外公是对的——冯·艾舍巴赫即使处于下层社会，也始终拥有上层社会的气质。

我还在盘算着下一次是什么时候又要吃那些寡淡的食物，没有注意到阳光渐渐变得昏暗。是一片云彩？我抬起头想要确定一下这一团令人不愉快的阴霾是从何而来——眼前出现的竟然是一只面目可憎的拳师犬。他把鼻子紧紧地贴在我的鼻子上，粗重的喘息声令我有些手足无措。

“注意点，你这个高傲自大的小短腿，要不是因为你是新来的，早就被打死了。这里有这里的规矩，你最好还是遵守。也就是说，如果我的朋友波佐说让你滚开，那么……”他边说边向前逼近，突然以迅雷不及掩耳之势向我咬来。

哦！我的右耳像被撕裂了一样疼痛。救命啊！这个社会败类！我激动得大声叫喊起来——很显然，我已经受到了这只好斗的暴力流浪狗的侵犯。然而尽管我声嘶力竭地呼救，始终没有一个人出现。穿工装裤的那位姑娘也没有出现。拳师和波佐在一旁幸灾乐祸地冲我狞笑。

“省点力气吧。他们这时候根本听不到——都去照顾猫咪了。就是我们现在把你打得一命呜呼，也没有任何人会来帮你。死狗在这个狗舍里太常见了，谁会在意呢？”

我吓得脖子上的毛都竖起来了，而且感觉一股凉气顺着后背一直向下蔓延到全身。波佐那个无耻的浑蛋又适时地出现在我面前。

“如果我现在让你滚蛋，你会怎样？”

“那我就消失掉？”我接着他的话茬回答。

“完全正确。这娃真聪明。”

波佐又在我敏感的鼻尖前用力地挥动了一下他那只脏兮兮的爪子。我吓得赶忙跳开，哆哆嗦嗦地跑到犬舍的另一个角落里。有两只狗正坐在那里，事不关己地看着刚才发生的一切。谋杀和斗殴在这里是司空见惯的事情，谁也不会认为，我刚才差点成为暴力犯罪的牺牲者。我刚坐定，就感觉旁边上了岁数的大明斯特兰德犬往另一边挪了挪身体。还好他不是在准备对我发起新一轮的攻击。我们就这样紧挨着蹲坐在那里。过了一会儿，他向我这一侧挪了挪身子，在我耳边轻声说道：“你最好离他俩远点儿，他们可不是省油的灯。如果你不按照他们的想法做事，他们就会想办法让你吃尽苦头。”

离他俩远点儿？这简直是开玩笑。这个犬舍小得可怜，还挤了五只狗。那只大明斯特兰德犬可能突然意识到不太现实，他冲我咧嘴笑笑，嘟囔着说：“别不相信，哈哈，我叫弗里茨。”

我什么也没说，此情此景我实在没有兴趣聊天。我把头搭在爪子上，看着波佐和拳师尽情地享用着本来应该属于我的那一小缕阳光。搞不好他们正在嘲笑我。本来我一直为自己是一只腊肠狗而感到骄傲，可是这一瞬间，我却宁愿自己是一只军犬、斯塔福牛头梗、比特斗牛梗或者别的什么都行，一获得许可，就可以大开杀戒。

“嘿！”弗里茨戳了我一下说，“别伤心，饲养员说过：你这个品种很受人欢迎，很快就会有人把你从这里带走的。到时候你就可以趾高气扬地鄙视这两个家伙了，因为肯定没人会领养他们。”

我看着弗里茨，认真地回味着他的话，希望他的判断是正确的。

第二天早上，我感到身心俱疲。我根本睡不着——眼睛刚刚合上不到五分钟就开始做噩梦。不是梦到拳师和比特牛头梗在犬舍里追打我，就是梦到成堆的难吃的成品狗粮。我疲惫地朝弗里茨走去，他正摇着尾巴站在笼子门前。

“早啊。你怎么这么有精神，而且心情还这么好？”我好奇地问他。

“今天是访问日。如果有人来挑选狗的话，我要给他留下一个好印象。我也老大不小了，因此得表现得精力充沛、活力四射。”

真的像他说的那样吗？本来我没兴趣向别人展示自己是一只多么训练有素的腊肠狗，可是一想到自己有可能要一直在这里住下去，就开始觉得可怕。我也站在了弗里茨身旁，莫名其妙地跟着左一下右一下地摇起尾巴来。用这点小伎俩人们就会上钩？太不可思议了。

“你叫什么名字？”弗里茨问。

“卡尔-里奥波德。”我简单地回答了他的问题。

“卡尔-里奥波德？给狗起这样的名字还真是奇怪。”

“我可不这么觉得，名字代表出身。”真庸俗！他觉得什么样的名字才好听？“我姓冯·艾舍巴赫。”我无比自豪地告诉他。

“冯·艾舍巴赫？好奇怪。”弗里茨嘀咕道，然后继续摇尾巴。

我叹了口气。他可真是无知。尽管他很友好，不过还是俗不可耐。我刚准备开始给弗里茨讲我家族的简史，犬舍旁边的一扇门就开了。瞬间，我就像通了电一样感到一阵痉挛。并不是因为洪水般的嘈杂声——这里的噪声分贝足以把腊肠狗脆弱的小耳朵给震聋。不是的，极有可能是因为那一股难以形容的味道，直接钻进我的鼻子里。弗里茨好像也闻到了那股味道，因为他不再傻乎乎地摇尾巴了，而是把鼻子伸到两根铁栏杆中间，用力顶住笼子。

“你也闻到了吗？”我问他。

他点点头。

“很棒，是不是？”

“是啊，不可思议!”他表示认可。

“这是最美妙的气味，我曾经在哪儿闻到过这个人的味道。”我敢确定。

肯定是人类的味道，这确凿无疑。每一只狗都能够迅速做出判断。不过那个拥有这样美妙气味的人究竟是什么样的呢？这个味道既不是鱼肉香肠也不是巧克力饼干那样的世俗美味。不是的，那是像……我绞尽脑汁回忆……对了，就像是一个甜美的夏日，一个幸福满满的夏日，盛开的鲜花的味道，有一点草莓的味道，还掺杂着一缕薄荷的清香，美妙绝伦。

“搞不好我们看到那个人的时候会感到失望。讨厌的人往往会散发出最美妙的气味。”弗里茨很老到地评价道。

“是吗？”我很怀疑，“我还从没有研究过人品和气味之间的关系。所以我无法就此做出评价。”

“肯定没错，敢不敢跟我打赌？赌什么都行。”

我俩都激动地望着门的方向，她走进来了，身旁跟着穿工装裤的女饲养员，弗里茨马上趴到了她们旁边。对于人类来说她可算是个闭月羞花的美人了，简直就像是天使。她和女饲养员边说边笑。她的双眼仿佛都带笑，看起来很漂亮，这在人类里都是很少见的。绝大多数人笑的时候都只是咧咧嘴。太可惜了，要是我会笑该多好，那我肯定要把眼睛眯起来，看起来肯定更漂亮。

“嗯，有没有比它个头小一点的？年轻一点的？”天使点了点头。

弗里茨的耳朵马上耷拉下来。他知道这是什么意思：她不会成为自己的女主人。大明斯特兰德犬的体格一点都不小——况且弗里茨已经不再年轻了。他沮丧地低下了头。“祝你好运！”他轻声对我说，然后慢慢从我身边走开了。我心里着实觉得很对不起他——不过这对于我来说确实是个难得的机会。我试用了弗里茨的战术，激动地摇尾巴，尽量友好地叫了一声。两位小姐果真转过头来看我。

“这是我们这里新来的小朋友，差不多有半岁。”

她把手从铁栏杆中间穿进来，我马上轻轻地舔舔她的手。我也不知道这样是不是能够给她留下好印象。天使蹲下来了。

“呀，你怎么这么可爱呀？俏皮的小家伙！”我顿时欢欣鼓舞，忍不住跳起来。

“它的确很漂亮。是一只有腊肠血统的混种狗。”

天哪，混种，见鬼。这深深刺痛了我。我顿时呆住了，不再像刚刚那样表演得热情澎湃。不，这不可能。然而事实正是如此，工装裤小姐说的对。她狠狠地揭开了这块耻辱的伤疤：我不是纯种狗。是妈妈和一只胆大妄为的公梗生下了我。这就是我来到这里的原因。尽管我是卡尔-里奥波德·冯·艾舍巴赫，但我不是拥有证书的热情奔放的纯种腊肠狗。“不适合狩猎，繁殖就更不必说了。”城堡的主人老艾舍巴赫是这样说的，然后就把我装在硬纸盒里送到了这里。艾米利亚哭了，但是她已经收留了我的妹妹，她没有能力再多养一只狗了。

我已经开始抽泣了，但是天使这时伸手穿过铁栏杆来抚摸我。

“哦，可怜的家伙，你怎么了？是不是觉得伤心了？”

真是太没出息了。冯·艾舍巴赫不该落泪，况且还是在一位美女面前。天哪，什么时候才会结束啊？可是我却歪打正着——天使站起身，指着我说："我要收养这一只，决定了。我能马上把他带走吗？"

工装裤小姐点点头说："请您跟我来办手续。他已经接种了各种疫苗，从一家管理非常严格的饲养场来，只不过是因为一次意外怀孕。"

说完最后一个字，她咯咯地笑起来。我真想用爪子把她捏扁。算了，放过她吧，否则我可能要永远留在这里了。

二十分钟后，我被装在一个箱子里，稳稳地放在了卡洛琳车子的后座上。卡洛琳——这就是我的天使的芳名，我在告别犬舍的时候听到的。卡洛琳，多么优雅而高贵的名字啊。卡洛琳极有可能，不，她肯定是出身名门。只有像我这样有品位的狗才能注意到这点。卡洛琳心情很好，她吹着口哨，时不时地从后视镜里看看我。

"亲爱的，你马上就能看见你的新家了。我有点紧张，不知道你喜不喜欢。"

我也激动万分！不知道新家是不是跟艾舍巴赫堡一样华丽？有一个大花园吗？是不是有许多兔笼？车子减速，最后停了下来。卡洛琳打开门，把箱子抱起来。草莓和薄荷的香味扑鼻而来，我很想把卡洛琳从头到脚舔个遍。不过我还得再忍耐一会儿才能从这个摇摇晃晃的箱子里出来。

周围的光线变暗了，箱子更加剧烈地摇晃起来：卡洛琳带着我走上了楼梯。我在箱子的缝隙处用力地嗅着这个新家的味道。首先，这个地方住着很多人和各种各样的动物。我立刻就能判断出这里至少有一只猫。

这时卡洛琳把箱子放下了，我听到她打开了一扇门，然后用脚把箱子推了推。她把箱子盖打开，小心翼翼地把我抱出来。

"好了！从现在开始这里就是你的家了。小朋友，你现在可以安静地四处转转。”

起初我被晃得睁不开眼——这里太亮了。我小心地眨眨眼，好让自己快点适应这种光线。我逐渐看清楚了，我们正站在一间公寓里。窗前摆放着一张硕大的沙发，反正看起来是挺大的，足够一只小腊肠狗在那舒服地睡上一觉。不知道卡洛琳是不是准许我那样做，在城堡里这是严格禁止的。当然，这条禁令反而让我和妹妹觉得，再没有什么比跳到会客厅的沙发上更让我们感到刺激了。每到那时，拄着拐杖的老堡主就会闪电般地冲到我们面前，疯狂地挥舞着手里的拐杖驱赶我们。

我若无其事地小跑着来到沙发边。嗯，这里也散发这一股草莓和薄荷的味道。不过还掺杂着些别的味道，不是动物，还有另外一个人。我深深地吸了一口气。我闻到的不是另一个女人的味道，难道是一个男人吗？我确定那不是女人的味道。就在我愣神的时候，卡洛琳突然把我抱了起来，而且把我放在了——天哪！天哪！天哪！——居然把我放在了沙发上，而她就紧挨着坐在了我旁边。我感动地用力舔着她的手。这位小姐才真正了解腊肠狗的兴趣。她笑着把手收了回去，然后若有所思地凝视着我。

“小朋友，我已经给你准备了很多东西：小睡篮、绳子、饭盆、狗粮。不过还缺一样……”我摇了摇头，对我来说这些已经足够了。“还得给你起一个好听的名字。”

我惊恐地大叫起来——我已经有了好听的名字了！难道说他们只是匆忙地把我从艾舍巴赫堡移交给了动物收养所，都没能顾上把我的基本信息告诉他们？真是够冷酷无情啊！

卡洛琳显然注意到了我的愤怒，她把我搂在怀里，我俩就这样深情地凝视着彼此。

“该给你这个可爱的小家伙起什么名字好呢？你长得像什么呢？”

我用力挺起胸脯，尽量表现得风度翩翩，没准她能想到卡尔-里奥波德这个名字。为了加深她的理解，我又叫了两声。快点，卡洛琳，好好想想！

“首先，你是只非同一般的小狗——看起来很有个性。你的内心要比外表强大。”

对！没错！她的理解非常正确！我骄傲地甩了甩头。

“想到了！就叫你海格力斯[1]。”

什么？海格力斯？用这个老掉牙的希腊名字取代我那高雅的贵族名？

1 译者注：希腊神话里的大力士。

二

海格力斯！好吧，只能说卡洛琳在给腊肠狗选名字这方面没啥品位，我还要花点时间来适应这个奇怪的新名字。实际上我现在住的这栋房子看起来跟艾舍巴赫堡差不多大。我总感觉卡洛琳的出身非同一般，看起来我的判断是对的。即便是邻居住的也不是那种普通的小房子。我们的房子后面刚好是个公园，我不确定它是不是属于卡洛琳，因为它实在是够大的。我们散步的时候，感觉它大得没有边——太完美了！

而且这个公园不仅大，还可以寻求各种刺激的冒险。才走了几步我就碰到了兔子和松鼠。我兴奋地准备起跑，脖子突然被勒紧了，这才提醒我，这是卡洛琳专门给我准备的，这让我非常不习惯：一条牢牢套在我脖子上的绳子。哦！这到底是什么啊？我转过身，张开嘴叼住它，用力地拉扯。卡洛琳蹲下身子。

“怎么了，海格力斯？不喜欢这条新的项圈吗？还是你以前没有这样散步过？我不知道是不是应该用牵引绳拴着你这样的小狗，但是这是法律规定的强制性牵引，我不能把绳子松开让你到处跑。”

她说“强制牵引”的时候我咬得更加疯狂了。尽管我不知道那是什么意思，但是听上去显然是专门针对狗而制定的。

“嘘，嘘！”卡洛琳说着温柔地抚摸着我的脑袋。我松开嘴，盯着她。

“看来我得去买一本关于教育狗的书了。要不然送你到狗培训中心去学习？你是我养的第一只小狗。但是到昨天为止狗给我的印象还仅限于可爱、友好、忠诚。”

好吧，我希望卡洛琳能够明白，教育我是徒劳的。当然，友好和忠诚绝对是我的特质，这也是所有冯·艾舍巴赫腊肠狗的特质。更进一步讲，这正是令我们这一族声名显赫的原因。“冯·艾舍巴赫永远不会离开他的主人。永不！铭记这一点，卡尔-里奥波德!”我耳边回响起外公的教诲。那么如果主人抛弃了腊肠狗呢？外公肯定没有想到这一点——这是我追加的。想到这里我的心情不禁抑郁起来，可是就在这时，我听到卡洛琳从口袋里掏出了什么东西。嗯，我知道那是什么——我能闻到它的味道！是肉肠。她果然把一小截放到我的鼻子下面。

“来，我的小宝贝。今天咱们要开始第一个训练内容——散步，希望你也开心。”

我叼住了肉肠的一端，兴奋地跳上跳下。卡洛琳肯定知道，这招很奏效。

“你很高兴，是不是？要不我们今天不练习牵引散步了，去拜访一下丹尼尔吧。学东西需要时间。这个时间他肯定在认真地工作，如果让他分散一下注意力的话，他肯定会很高兴的。”

太可惜了，我还想在公园里多玩一会儿呢，就是拴着牵引绳也无所谓，没准能碰到别的狗，我就可以了解一下周围的邻居了。人们总是对与自己相关的一些人的隐私感到好奇。这个丹尼尔究竟有多重要？拜托，我根本不认识他！

卡洛琳带着我沿着来时的路径直走了回去，我尽量顺从地跟着绳子在她的身后慢慢走着。如果这能表明她对我的教育初见成效，也许我还能再得到一小截肉肠呢。没过多久，她果然转过身。

“海格力斯真听话！学得真快！”她夸我了，但是她没从口袋里掏东西出来。不过无所谓，反正我也不饿。

一转眼我们已经回到了家门口。难道说这个丹尼尔也住在这里？卡洛琳弯下身子把我抱了起来。

“来，我们去工作室看看！”

工作室？这词挺有意思的，那是什么意思？实际上我们走进了房子，不过不是走上楼梯，而是顺着四级台阶向下走去。接着卡洛琳打开了门——我们走进了一个满是木头味道的房间。我好奇地用力嗅着这些气味。难道说人类在屋子里也能种出一片森林来？而且里面还住着狐狸和松鼠？但是实际上我一棵树也没看到，奇怪！

在这个什么工作室的角落里有个人在吹口哨，难道这就是丹尼尔吗？卡洛琳抱着我直接朝着那个声音走去。我们来到一个有两扇大窗户的房间，午后的阳光透过窗子射到屋里来，窗户外面是一大片草坪，看上去美极了。窗户前面摆放着一张偌大的桌子，有个人坐在桌子后面，大声地吹着口哨。他手里拿着一根长长的东西，像是长了头发的树枝。他一看到我们就把手里的东西放在一边，也停止了吹口哨。

“哦，你好！他是自己跑来的，还是谁带他来串门的？”

卡洛琳摇摇头：“都不是。这是我们的新室友。我来介绍一下：海格力斯，这是丹尼尔。丹尼尔，这是海格力斯。”说着她把我放在桌子上，还刚好放在刚才看到的那个东西旁边。

“拜托，你买了一只腊肠狗？”

“对，一只混种腊肠狗。”

在这种情况下，我只能剧烈地摇动脑袋，并且生气地发出呜噜声。他俩都好奇地看着我。

“嚯，他是不是不喜欢男人哪？”丹尼尔问。

卡洛琳耸耸肩，伸手挠挠我的耳根让我冷静下来：“我希望不是这样。动物收容所的人没告诉我这些，我还想让他一整天都待在工作室里呢。”

丹尼尔笑道：“那好吧，可能这个高傲的小家伙对你质疑他的血统表示抗议吧。”

他俩都笑起来，卡洛琳又重新把我抱了起来。

这是什么情况？拜托，这有什么好笑的？我认识的人也不算少了，毫无疑问的是，这些两条腿的生物明显没有我们这些狗敏感。同样一件事情，我们会感到忧伤，而他们却不会。我突然有了一种不祥的预感，和这样的人住在一起，肯定不会风平浪静的。不过至少这个丹尼尔还不错，我们接下来要多磨合了！

“我抱他一下好不好？”

“好呀！”卡洛琳把我递给他。丹尼尔牢牢抓着我，不过我倒没感觉不舒服。他只比卡洛琳高一点，从这个角度抬头看，我发现他有一头金色的卷发，乱糟糟地堆在头上。

“嘿，小个子？你不喜欢我吗？”为了明确表示我很中意他，我伸出舌头舔了舔他的脸。

“‘不喜欢男人’这个判断不成立。”卡洛琳开心地说，“看起来他相当喜欢你呀。”

“让我冷静一下！如果说以后每天都有这么个第三者在这儿的话，不见得是什么好事。有一只腊肠狗在我的小腿肚边蹭来蹭去，这会严重破坏我们的和谐气氛的。”

哈，明白了。原来丹尼尔是我的天使的男朋友啊。可能我在楼上房间里闻到的就是他的味道。我经常听说，人类喜欢这样两个人一起居住，并长期保持这样的伴侣关系。我一直有一种奇怪的想法，我看到他俩时就马上感觉到了，他们两个……相互信任。就像是我的外公和老艾舍巴赫。他们在一起打猎打了十五年。这样持久的组合并不怎么常见。卡洛琳和丹尼尔是不是也一起出去打猎？还是人类伴侣们一起做别的事情？

“说点正事，博罗琳小姐是不是又打电话了？”卡洛琳问丹尼尔，“她本来说今天带一个大提琴过来鉴定，如果还有价值的话，她想要修复。”

大提琴，多美丽的名字啊，如潺潺流水而又……璀璨夺目。它长什么样子？那东西和丹尼尔刚才手里拿着的东西有没有关系？好的，我一定要搞清楚，反正从今天开始我会经常到这里来。

“对，她来过了，待了一小会儿，把乐器留下来，我把它收起来了。不过她也不是特别着急，时间足够，你可以周一给她打电话。”

“好的。说实在的，我今天想放个假，带海格力斯熟悉他的新家，带他在周围转转。我们刚才在公园里散步来着，不过海格力斯不喜欢这条新的牵引绳，我觉得可能还要再训练训练他。”

“那走吧，反正我也没什么要紧事。你不在我身边的时候，我也可以工作。”丹尼尔又笑了起来，把我交还给卡洛琳。

人类能做出那么多不同的表情真是太有意思了。当然他们的眼睛和鼻子周围没有那么多毛，因此很容易辨别。此时，丹尼尔盯着卡洛琳的神情，让我觉得他也想要舔她的脸颊似的。不过人类大概不会这样做，反正我没见过，他们也不会兴奋地跳来跳去。很奇怪是不是？他们就是用表情表示自己的喜悦的。

“丹尼尔？”

“怎么了？”

“你可以跟狗狗和平共处，是不是？”

“当然了，别担心了。”

“我起初只是突发奇想，而且应该提前跟你商量一下。但是我不自觉地就去了动物收养所，而且对这小家伙一见钟情。”

“他是挺可爱的。我完全明白你当时想要马上带他走的心情。你看他那凸起的棕色大眼睛。我觉得根本看不出他是个混种腊肠狗。懒洋洋的大耳朵还有小短腿和长长的身子。要我说，他肯定出自一个纯正的腊肠狗家族，绝对看不出其他品种的痕迹。”

丹尼尔，你简直就是我的神！我真想从卡洛琳怀里跳向丹尼尔，然后把他从头到脚舔个遍，唯有这样做才能表达我对他的崇敬。我顿时骄傲得不能自已，忍不住高声叫起来。

“看来这话说到他心坎儿里了！卡洛琳，你领回来一只骄傲的小狗啊，我们得多费心满足他的自尊心了。”

两个人大笑起来，卡洛琳又用手挠了挠我的耳根：“是啊，我的小宝贝，看来我得多努力了，希望你跟我们生活在一起能感到幸福。”

晚上，我躺在自己的新睡篮里，尽管筋疲力尽，却幸福满满。我们今天在公园里散了一小时步，继续练习跟着牵引绳走。为了取悦卡洛琳，我绝大多数时候表现得非常乖巧，小跑着跟在她身后，偶尔经过兔子洞时，我会坐下来，疯子似的狂叫一通，毕竟我还是要守护我们家族作为猎犬的荣誉的。不过因为卡洛琳的安抚和几片肉肠，我还是乖乖地在公园里完成了牵引训练。我遇见了几只狗，但是我们并没有交谈。真盼望明天的到来。

在我睡着前，卡洛琳过来在我的睡篮里放了一床柔软的小被子。她搂着我亲了亲，小声地在我耳边说："你知道吗，小可爱，我从来没想过自己会养一只小狗。没想到能养一只像你这么可爱的小家伙。你白天的时候可以跟我一起去工作室，或者在我们的小花园里逛逛。只要我休息或者闲下来，咱们就出去散步，怎么样？"她问道。而我终于——终于——能舔一次她的脸颊了。卡洛琳笑了，轻轻地抚摸着我，跟我道晚安。

哈，我真是找了一户好人家：一个温柔的姑娘和一个亲切的小伙子——看来又是一个完美的家庭，就像是艾舍巴赫堡。美中不足的是，艾米利亚不在这里，卡洛琳从未用新鲜内脏给我做过可口的食物，只在晚餐的时候给我一些罐头吃。不过无所谓，这就是工薪阶层的生活，我要学着适应。至少这里看起来还不错，我也没有遇到像老艾舍巴赫那样冷酷无情的人。贵族什么的已经跟我没有关系了，我又想到了美味的肉肠，然后我就睡着了。

三

我真想把耳朵堵起来，要不然就钻到沙发底下藏起来，因为刚刚的经历让我感到非常恐惧。刚刚有一个陌生人来到我们的——更准确地说是卡洛琳的公寓，然后开始大喊大叫。我顿时慌乱了。这个吓人的家伙是谁？丹尼尔，你跑到哪儿去了？这时候不是该你大显身手当个护花使者的时候吗？我觉得我应该赶快找到他，让他来解救卡洛琳。首先我得先从这个歇斯底里的家伙旁边溜过去，但是说实话我都觉得我不可能办到。这可能要荣升为我最讨厌的人类的坏习惯之一。他们怎么能发出这样可怕的叫声！我的听觉非常灵敏，我既不喜欢人类大声嚷着说话，也不喜欢——这也是他们非常喜欢做的——难以置信地大声听音乐。这只是附带说明一下。

他这种极富攻击性的行为一下子让我想起了波佐和拳师。他的身体很强壮，比卡洛琳要高出一大截，头发像波佐一样乌黑，粗鲁地重复同一个动作，没有教养地持续大声叫喊着。简直就是个暴民，就像是波佐和拳师的合体，姑且叫他波拳好了。

他的手臂挥舞得更加疯狂，而且居然——指着我！哎哟喂！

“你养了一只什么？我才出差三天，你居然就买了只狗？”

波拳脸颊憋得通红。如果我能说话的话，我一定要说，他比起丹尼尔简直差远了。不过无所谓，反正我的男主人稀罕我，真希望他马上出现。就是人类的听觉再差，在工作室也能听到这种叫声了吧。卡洛琳英勇无畏地站在那个男人面前，显然，她在极力保护我。来者不善，看来不能坐以待毙了，即使需要保护，也应该是勇敢的猎犬保护他的女主人。机不可失，我必须投入战斗。

我准备助跑，冒险跳到一个最有利的位置，咬住这个家伙最敏感的部位。突然间不可思议的事情发生了：卡洛琳向这个讨厌的家伙走近了几步，伸手抚摸着他的胳膊。

“可是，亲爱的——咱们不是都觉得养个小动物挺好的嘛。昨天我突发奇想去了动物收养所。拜托，别这么生气了！海格力斯多可爱啊！”

亲爱的？我真希望是我幻听了。据我所知，人类伴侣不是都这样相互称呼的吗？比如说我们原来的园丁就是这样称呼艾米利亚的，他俩就是夫妻。难道卡洛琳有两个男朋友？其中一个就是这个没素质的男人？卡洛琳一直耐心地说服他，而他也没有刚才那么吵了。

“你，还有你这突发奇想，也不跟我商量就买了一只狗，太扯了！”

“嗨，我当时想，你老是像这样出差，而且咱们又有这么一个大花园。再有，海格力斯白天可以跟我一起去工作室，丹尼尔说没问题。”

“他当然说没问题了，在我们男人看来他就是个娘娘腔。就是你让他明天开始穿着吊带丝袜站在橱窗里，他也只会说好。”

“庸俗，托马斯——你到此为止吧，你总是这样恶意攻击丹尼尔。他当然没有你这样有魄力，不过我觉得再也找不出比他更出色的搭档了。”

哈，这个人叫托马斯，显然他也认识丹尼尔。现在是什么情况？难道人类有时也会三个人一起群居？我听人说过腊肠狗在远古时代就是群居生活的，而在一个群落里会有许多雌性。可能人类群落不太一样吧——也不知道他们是不是管这个叫群落。也有可能女人就是需要几个男人？对于像我这样的小狗来说，要学的东西实在太多了，那确实。

“你确实找不到更好的搭档了。”托马斯讽刺道，“找遍全世界再也找不出这么个做弦乐器的师傅。你工作室里的那个同事不管什么事都迁就你，我可做不到。”

托马斯轻蔑地笑了，卡洛琳哭起来。我这才慢慢明白，丹尼尔和卡洛琳原来根本不是一对儿。也就是说，不是情侣关系。难以置信的是，卡洛琳竟然是托马斯的女朋友，丹尼尔只不过是她的同事。原来是这样啊，这个消息太震撼了。

我现在已经彻底凌乱了，托马斯又厚颜无耻地说了什么胡话我一句也没听到。我脑子里一片混乱，不明白为什么卡洛琳和托马斯是情侣。卡洛琳肯定不是心甘情愿和他一起生活的。到底是怎么回事？难道有个人类机构，专门负责乱点鸳鸯谱？要不然就是个人类养殖场？到目前为止我一直都觉得，人类是非常自由的物种，但是如我今天所见，看来并非如此。而且，我不得不说，他们的生活真是糟糕透顶。

“卡洛琳，别自欺欺人了，你跟托马斯不合适。以前不合适，以后也不会合适。”

“你怎么这么肯定？就因为你是心理学家，所以你觉得我们没有未来？”

“不是，不是因为我是心理学家，而是因为我是你最好的朋友倪娜，看到你这四年来一直沉浸在痛苦中。”

我们坐在一个露天咖啡馆里，或者更准确地说是卡洛琳和倪娜坐在那儿，我则趴在旁边。就在卡洛琳和托马斯大吵一架之后，她就开车带我来到了这里。没过多久倪娜也来了，然后她们就开始聊天。有意思的是，她们聊天的内容刚好就是我今天一直不得其解的一个问题：卡洛琳到底为什么跟托马斯在一起？很显然，倪娜不喜欢托马斯。不过跟我不同，她不是讨厌托马斯那令人厌恶的坏脾气和大嗓门，而是列举了许多其他原因，绝大多数我都不太明白是什么意思。不过没关系，反正倪娜和我的结论一样：他不怎么样。卡洛琳很努力地为他辩护，但是倪娜始终持相反意见。

“我觉得，说实话，卡洛琳，现在你因为绝望而买了一条狗。接下来呢？”

嘿！这是在指责我吗？我小心地发出一点呜噜声。卡洛琳弯下腰来看看我。

“没事，海格力斯。倪娜不是那个意思。”

倪娜不屑地瞪了我一眼。我坐在卡洛琳的椅子边刚好能看到。“我就是那么想的！你想要的是一个男人，一个会像你爱他一样爱你的男人，这只傻呵呵的腊肠狗根本无法取代。”

傻呵呵的腊肠狗？她到底知不知道我的出身多高贵？！呜噜着吓唬她看来没什么作用了，我直接在原地跳着脚冲着倪娜用力地大叫起来。她的眉毛惊恐地竖了起来。

“嚯，就好像他真的听懂了我说的话似的。好吧，我收回最后一句话。你不是只傻呵呵的腊肠狗。但是前面的话还是要保留，你没办法取代傻呵呵的托马斯。你小巧玲珑，机灵可爱。”

好吧，这样也行。我又趴下了。

“海格力斯不是爱的替代品。这跟托马斯没关系，我一直都想养一只小狗。”

“胡说。你这是典型的移情。”

“对，对，我知道心理学都这么说。”

我不是很明白什么叫心理学，不过听起来挺危险的。卡洛琳已经跟倪娜说过好几次了，貌似是倪娜有很严重的病，就像是犬窝咳似的。不过话说回来，她看起来挺健康的，粉红色的皮肤，清澈的大眼睛，我猜，她的鼻头肯定是凉的，棕色的头发闪闪发光。如果她真的有病的话，我希望不要传染给卡洛琳，最好是像她们说的，是心理上的。

“好了，跟你直说吧，你跟托马斯在一起一点都不幸福，而且从来没幸福过。你就养着这只狗吧——跟那个家伙分手。”

没错，我们又心有灵犀了！我站了起来，摇起了尾巴。但是卡洛琳听到这个建议却没有像我这么兴奋，而是哭了起来。

“你不了解我。托马斯和我——我们离不开对方，我很清楚这点。就像我们的相遇一样：这就是命运！”

哈，命运！一个神奇的词。这难道就是把人们配到一起的那个机构？如果我判断得没错的话，这个命运怎么就给卡洛琳乱点了一次鸳鸯谱呢？我试着把命运想象成一个人，也许他看起来就像是年迈的艾舍巴赫吧，严厉、诚惶诚恐、有点固执。如果命运真的像艾舍巴赫的话，那的确挺让人崩溃的。他在判断我的价值时就犯了一个弥天大错，否则怎么可能把我送到动物收养所去呢？

倪娜和卡洛琳的对话这时候变得没那么吸引我了。我的思绪回到了那个城堡：和妈妈、我的妹妹夏洛特还有艾米利亚在一起。她们都怎么样了？在这惊天动地的三天后，我第一次不可思议地如此想念她们。她们在想念我吗？还是她们已经把我忘记了？我不在身边，夏洛特睡得好吗？啊，夏洛特，我们还会再见面吗？

“嘿，海格力斯，你怎么了？不舒服吗？”

我不自觉地在哀嚎。卡洛琳和倪娜停止了谈话，卡洛琳把我抱到怀里。我惊讶地直勾勾地盯着她的脸颊，她的双眼通红——人类即使在悲痛欲绝的时候，也只是低声哭泣。我马上舔了舔她的手，我想告诉她：放心。但是卡洛琳看起来更加忧虑了。

“哎，他这是怎么了？”

倪娜耸了耸肩：“是不是他也受了托马斯的欺负？托马斯要把他赶出去吧？”

天哪！你能不能再说一遍？托马斯要把我赶出去？我明天又要回到动物收养所吗？回到波佐和拳师身边？

直到我们回到家里，我的心情都无法平静下来。卡洛琳会不会真的把我送回去？那太可怕了。也许我可以试着和托马斯好好相处。我以腊肠狗的名义起誓，我从下一次看到他就开始变乖。尽管这有悖于我的原则，但是从另一个角度考虑，我上一次要求平等的固执行为就不幸以失败告终，耳朵还被咬得生疼。

托马斯好像不在家，卡洛琳没有叫他，而是把包包从肩膀上拿下来，在里面翻门钥匙。

“咱们再去工作室待一会儿吧，海格力斯。”这时她打开了门，“来，宝贝！”

正合我意！我很高兴又能见到丹尼尔了，摇着尾巴跟着卡洛琳顺着楼梯走下楼。

走下楼，木材的味道很重，我不太确定有没有丹尼尔的味道。奇怪，他在哪儿呢？卡洛琳走到一张桌子边上，我趁她整理桌子的时候跑开去找丹尼尔。我发现，工作室的结构和卡洛琳的房子几乎是一样的：两个房间在屋子的一侧，另一侧是第三间，接着是一条长长的走廊，最里面还有一个房间。在最里面的那个房间里有很浓重的森林的味道——我循着味道走进去，看到里面的木材堆积如山。我很好奇卡洛琳要用这么多木头做什么。艾舍巴赫在他的地下室里收藏了许多瓶子，艾米利亚的老公也收集了许多五颜六色的四边形锯齿边纸片。但是木头？看来人类收藏的范围还真广啊。

“海格力斯，你在哪里？”卡洛琳的声音顺着走廊传来。我从木头屋里一路小跑出来。“呀，你在木料仓库里做什么呢？闻起来挺不错的，是不是？”我躺在卡洛琳的脚前，她抚摸了我几下，“还是你在找丹尼尔？”

我一听到这个名字，又摇起了尾巴。卡洛琳立刻就知道了，这位温柔的先生给我留下了多好的印象。

“啊，就像是微风拂面那样舒服。丹尼尔很温和，是不是？不过今天是周末，一般来说我们应该休息。但今天我要来把一些工作做完，你搬来跟我一起住以后，我荒废了不少呀。等我做完，咱们就出去散步，我保证。你可以自己先到花园里去转转，我一做完就去找你，好不好？”

完美的计划，我都还没有实地考察过这个小花园。其实除了家和这个工作室，我对这栋房子还不是太了解，能一点一点地勘察，我感到很兴奋。卡洛琳走到第二个房间的落地窗旁边，把它推开。我这才看见，从那里走下两级台阶就能够走进花园了。我敏捷地一跃而起，稳稳地落在了草地上。真舒服——肚皮感觉痒痒的！太阳光照在我的鼻尖上暖洋洋的，弄得我打了个喷嚏。卡洛琳笑了。

“挺好玩的吧——门我开着，你要是觉得无聊了就自己进来。”

别担心，卡洛琳，那是不可能的！我摇晃着跑开了，在房子旁边的一棵巨大的树下闻了闻。嗯，有意思。显然很久没有狗来过这里了，因为这棵树根完全没有任何狗狗留下的味道。我马上开始酝酿，同时抬起了我短小的后腿。我以前从来不这么做，更别说在这么粗大的一个树根上，所以可能看起来有点外行。不过无所谓啦，以后我有的是机会在户外练习。假以时日，我就能像那些成年公狗一样熟练了，我可是花了很长时间偷偷观察他们的动作的。潇洒的动作流程应该是：跑到一棵树旁边，抬起——一定要若无其事地——后腿。

我试了试另一条后腿，是不是两侧都能做到很重要。还不太熟练！还好没有人看到我。

“嘿，小短腿？”我头顶上突然传来一个声音，“看起来你还有点晃悠啊。你还是个新手吧，嘿嘿！”

见鬼，这谁啊？我抬头向上看，看到树冠上有一只黑色的肥猫。哦，不，太丢人了！一个潜伏的目击者，偏偏还是一只猫！

“另外，这是我的花园，还有我的树——请你停止在此随地小便。你的这种行为让我十分不爽，还感到恶心。”

那只猫一边说着这些话，一边从容地从粗壮的树干上走到我的面前。论体格，他在猫族里算是个头大的了，还很肥。我对着他发出呜噜声。

“怎样？这是有礼貌的问候方式吗？你们这些狗真是没风度。你都没有敲门就随便走进我的客厅，也不做自我介绍。不过就这样吧。”猫叹了口气说，“那就由我先来吧，我是贝克先生。”

啊哈，不就是一只公猫吗。

“我叫卡尔-里奥波德·冯·艾舍巴赫。很高兴认识你，贝克先生。”我也礼貌地跟他打招呼。

公猫笑了笑：“卡尔-里奥波德？搞笑，我刚才好像听到卡洛琳管你叫海格力斯呀。‘冯·艾舍巴赫’这句听起来有点神经。”

真是狂妄无礼！我真想狠狠地在这个肥货的脚后咬上一口——但是从我和城堡里的猫周旋的经验来看，这对于一只像我这样的小狗来说实在是太难了。这种家伙身手敏捷，齿尖爪利。尽管我怒火中烧，但还是尽量保持淡定。

“一个像卡洛琳这么完美的女士随便想管我叫什么都可以。但是像您这样粗俗的猫就必须叫我卡尔-里奥波德。再有，这也不是你的客厅，而是我的新花园。我也提醒您从今往后再也别爬到我这棵新树上去了，别让您的爪子把它划伤了。”

公猫的尾巴抽动了一下。不过可惜的是，那不是因为贝克害怕得发抖，而是因为他压抑不住而歇斯底里地狂笑。

“太棒了——我等你等得好苦啊！我一直以来都觉得有点无聊，但是跟你这么个小丑在一起，这个夏天肯定不会闷啦。”

贝克一边大笑一边在地上打起滚来。显然，他的确觉得这事挺有意思的，而我尾巴上的毛都竖起来了，他也太不把我放在眼里了。贝克先生慢慢恢复了平静，站起身来，抖了抖身上的毛。

“现在说点儿正经的，小短腿，你以为你是谁？”

我刚要回答他的问题，贝克的爪子刷的一下，闪电般地在我鼻子前一毫米处划过。“停——这个问题不好！我们不能再用这么个文雅的愚蠢问题对话了。”

我呜噜起来，贝克完全不顾及我的感受——爪子在我面前挥来挥去，继续自我感觉良好地说：“作为这栋房子里唯一的动物，当然，如果无视二层那只傻瓜虎皮鹦鹉的话，可以这么说，我孤独地住在这里。可能因为你是被那个美艳动人的卡洛琳拎来的小狗，所以无法接受这个事实，我就是在清理我的领地。这儿从前是我的花园，现在也是我的花园，以后永远都是我的花园！偷笑吧，因为你以后可以时不时地来让鼻子晒晒太阳，但是离这棵树远点儿。听明白了吗？”

说完这些话，他转身准备离开，把我晾在那儿。我终于爆发了，一个鱼跃冲向前，一口咬向贝克的尾巴。我原本没想要真的咬他，就想像他之前露出爪子一样吓唬吓唬他。谁知道这时他的尾巴突然垂下来，刚好落到我的牙齿中间——而我一不留神，竟然咬上了。哦，肯定有点疼，也许特别疼。但是我是无心的，真的！

贝克大叫一声想要报仇，我赶紧溜走了。我原本并没有想要用跟猫打架来树立威信。在他追上我之前，我奋力一跃，直接跳到工作室开着的落地窗前。

我就这样摔落在了卡洛琳的脚边，她吃惊地看着我。

“你干什么了，海格力斯？空中飞狗？”她望了望窗外，看到了贝克，他正在紧急制动，“你是不是和猫咪打架了？”

我努力表现出无辜的样子，还摇了摇尾巴。

“真的吗，海格力斯！贝克是一位很和善的先生。我不在的时候，他的主人还经常给我种的花浇水。你得懂礼貌。”

真糟糕！她居然护着那只猫。我现在的动作，就好像在出神地看着地上一件非常有意思的东西，不过我脑袋里有个想法一直在转，卡洛琳的男性品位不管对象是人类还是猫都那么另类，先是不可思议的托马斯，然后是贝克先生——她在动物收养所里选择了我而不是波佐，还真是个奇迹。

提到托马斯我突然想起来，我今天的当务之急是要给这个暴躁男留下个好印象，绝不能让他有要把我送回去的念头。此外我的周围出现了一个劲敌，但我目前也没有必要同贝克先生建立起友谊。我深思熟虑后觉得，最为紧要的还是要抓住一个和托马斯称兄道弟的机会。

“冯·艾舍巴赫从不犹豫不决——最重要的是，让你表现的机会随时都可能出现，无论何时你都要英勇无畏。”我能做到的，外公。勇往直前。

四

实际上，我想要和托马斯称兄道弟的机会来得比我想象的还要早。一天晚上，我正躺在我的小睡篮里，久久不能入眠。我脑袋里塞满了东西：托马斯，还有我和贝克先生的小插曲，卡洛琳和倪娜的对话，还有弗里茨——动物收养所里的大明斯特兰德犬，我不由得想起了他。这些在我的脑海里不停翻滚着。

突然，我听到了一个声响。呜咽声……还是呻吟声？我马上警觉地站起来，从睡篮里爬出来，小跑着从客厅来到了走廊。那个声响更清晰了。确实是呻吟声，是从卧室传来的！哦，天哪，卡洛琳是不是觉得不舒服了？门虚掩着，因此我可以悄悄溜进去。可惜屋里一片漆黑，我什么也看不见。

那个声音又出现了，呻吟变得越发痛苦了。我松了一口气，这声音显然是托马斯，他好像不太舒服。我的第一个想法是：卡洛琳没事。第二个想法是：我的机会来了！这下该我英勇无畏地登场了。

托马斯躺在床上，疼痛难耐。卡洛琳睡着了——好像没有听到他的声音，否则肯定早就来帮他了。我要把她叫醒，不能再让托马斯痛苦下去了。到那时候他就会知道，我是只非常出色的狗，卡洛琳把我领回家是多么值得庆幸的一件事。

我英勇无畏地跳到床上，落在呻吟的托马斯身边。让我吃惊的是，卡洛琳怎么可能没听到他的声音呢，因为她就刚好躺在他身体下面。我不得不重申：人类的耳朵真是够背的。但是不用担心，托马斯，你现在有了一个忠诚的新朋友。他真的已经因为疼痛而蜷缩起来了，脸向下趴着。我赶快舔了舔他的脖子，我要让他知道，我想在他身旁帮助他。他缩了缩脖子，然后我就开始用最大的音量狂叫。这下卡洛琳总该醒过来了吧。

接下来，我能想起来的就是，我从房间这头飞到了另外一头，重重地摔落在门边。然后房间突然亮起来。托马斯竟然奇迹般地痊愈了——站在我旁边，怒不可遏地盯着我。

“你这只蠢狗！你想什么呢！我真想把你踩扁！”

他举起了拳头——他是不是想打我啊？我赶快弯腰低头。往哪儿打？我惊慌失措地尖叫起来。救命啊——这是怎么了？

就在这危急关头，卡洛琳走到了托马斯身后。这么大的动静终于把她给吵醒了。她从身后抱住了托马斯的肩膀，用力扯住他。

“你敢动海格力斯一根毛试试！他又不是故意打扰我们的。”

这下托马斯把矛头指向了她：“你再说一遍？这个傻瓜跳到我们的床上，我正在状态呢，你竟然还护着他？我要让他知道，他这个行为让我有多生气。”

“托马斯！”卡洛琳高声喊叫起来，“你把手从海格力斯身上拿开，马上！”

她弯下腰把我抱了起来，当时我抖得像一片杨树叶。这已经超出了我的精神承受力，而且我有点没听懂：什么叫“打扰”？还有什么叫“在状态”？托马斯应该感激我，至少我及时发现了他的危急状况。然而他却痛扁我一顿，我的小屁股被他在床上这一脚踢得生疼。我开始呜咽起来。我从未受到过这样不公的对待，跟这个变态相比，年迈的艾舍巴赫简直就是大善人！

“可怜虫，你怎么抖得这么厉害呀！”卡洛琳把我紧紧抱住，把脸贴在我的后脑勺上，“别害怕，我在这陪着你。我会好好照顾你的。”

托马斯轻蔑地喘着粗气说：“好吧，说老实话，卡洛琳，你这是在把情欲转移到一只狗身上吗？是不是你觉得他打断了咱们压根就没什么关系？你觉得他做得很对是吧？你是不是又要说你头疼了？”

等等，托马斯呻吟，而卡洛琳头疼？打断什么？这太让我费解了，我实在是越听越糊涂。只有一点是肯定的：我想要托马斯尊重腊肠狗的尝试彻底失败了，并且我还不知道是为什么。我是不是要带着新的狗咬胶一起回到动物收养所去？认命吧，可能刚一回去波佐和拳师就会马上把它给抢走。

那天晚上剩下的时间我都是在我的睡篮里度过的。尽管我累得快死掉了，却因为经历了如此巨大的打击而一直没有睡着。我时不时地竖起一只小耳朵仔细听听黑暗里的动静，鸦雀无声。不过，即使再听到托马斯发出那个声音，我也不会去那个房间了，十匹马也别想把我拉过去。

阳光透过工作室的落地窗在陈旧的地板上投出美丽的斑驳痕迹，好像在说：“来呀，卡尔-里奥波德，躺到我上面来，好好休息一会儿！”这个要求正合我意，昨晚的经历还让我觉得有点隐隐作痛。我拿不准应该到卡洛琳的房间里去找个地方晒太阳，还是应该躺在丹尼尔的工作台旁边。

最后我躺到了丹尼尔身边。我觉得自己是那样渺小，而且害怕卡洛琳会因为昨晚的事情责怪我。她一言不发，可是我却感到有点不舒服。也许全是我的错，我绞尽脑汁也想不明白到底是怎么回事儿。一想起又让卡洛琳在托马斯面前保护我，我就觉得难过。

“喂，周末过得怎么样？跟新来的狗一起生活得好吗？”丹尼尔问卡洛琳。

我耷拉着耳朵，把鼻子藏到两只前爪中间。肯定要提到那件事了，我一点都不想听。

“哦，特别好！托马斯也很喜欢这个小家伙。你知道，他很喜欢小动物的。”

啊？我今天早上是不是吃错料了？我幻听了吧？

“真的吗？我以前还真不知道他这么喜欢动物。不过这很好，他们很快就能混熟了。他可以亲自带着海格力斯去散步，或者一起进行极限训练，这么个硬汉可以跟他的狗一起做很多事。”

我不禁有点糊涂，这是丹尼尔在冷嘲热讽吗？对狗来说这太难分辨了——人类经常用相同的语言表达着完全不同的意思。我还能回忆起老艾舍巴赫有一次说：“聪明的小狗，好样的！”当时我湿漉漉的爪子正踩在会客厅的沙发上，但是接下来他突然举起拐杖打向我的后腿。那之后我两小时都无法平静下来，后来妈妈告诉我，人类经常说反话，以此来否定这句话的字面意思。疯了吧？人类思考一件事情怎么要拐这么多不实际的多余弯弯。可能是他们的头离地面太远了吧，不过这可够费脑子的。

不过话说回来，卡洛琳为什么说这些呢？她为什么不愿意说，我们的初次见面一塌糊涂，而且也没有任何好转的迹象？难道说“很喜欢小动物”能够体现一个人的品质？就好像我们说一只优秀的猎犬要具备对狩猎目标的敏锐洞察力、本能的警觉以及强壮的体格？我所见识过最优秀的猎犬莫过于：妈妈曾经三次晋级联邦冠军赛决赛，每次都获得“一级优秀”以上的成绩，简称为V1，国王的经济特使都屈尊为她颁发过奖杯。如果“喜欢小动物”是类似的人类优良品质，那么卡洛琳无非想说托马斯是可以获得V1的种子选手，从这个角度解释的话她的话还说得通。如果有类似的评比的话，让我给他的“喜欢小动物”这一项评分，我最多给个“及格”。

重新回到讽刺这个话题，说实话，我倒真希望丹尼尔是在说反话。因为托马斯和“亲自”还有“极限训练”让我想到的不是人类和狗之间伟大的友谊，反而是一些胡思乱想。我印象中的托马斯会把我从悬崖上扔向深渊，或者把我绑在森林里的一棵树上，转身独自离去，与其这样还不如把我送回动物收养所呢。可怜的弗里茨肯定还留在那里，我可以和他同居，没准我们能有一个独立的笼子，在猫笼旁边也无所谓——我咬过贝克先生的尾巴后，觉得猫挺有意思的。

“丹尼尔，你就别拿这事开玩笑了。我真的相信海格力斯和托马斯会成为好朋友的。”

啊，天哪！果然是讽刺。看来大家都觉得我跟托马斯单独出去是在冒险。

“我没开玩笑。我只是不相信，你亲爱的托马斯会在不久后的某天跟像海格力斯这么可爱的小家伙一起到公园去慢跑，那跟你一直以来描述的托马斯的硬汉形象不太相称。”

“你怎么一直针对托马斯呢？”

“没有啊。我只是有时候想不明白，他为什么老针对我。”

卡洛琳大笑起来，听起来特别虚伪。

“我拜托你——托马斯从来没针对过你。相反，他觉得你人很好。”

尽管卡洛琳的声音非常亲切，但是始终感觉有那么点言不由衷。丹尼尔是不是也听出来了？他叹了口气。

“是啊，是啊。”

“你们只是有些不同罢了，否则你们肯定会成为朋友的。”

丹尼尔没有再说什么，只是很大声地呼了一口气。显然，他不想跟卡洛琳讨论这个话题。可惜了，我还想多听听他对托马斯的看法呢。没准我俩能成为盟友，如果那样就太好了，我在这栋房子里太需要一个朋友了。

中午，卡洛琳带我回家吃了点东西。她买了一本关于狗的书——我在客厅的沙发上看见的——她可能是读了第一章关于健康喂养的内容。反正她今天早上带我出去散步前没再给我吃成品狗粮，而是喂给我新鲜的内脏。她在厨房煮内脏的时候，那股难以抗拒的香味溢满了整个屋子。太好吃了！这是个令我欣喜的进步。

“小家伙，这个得凉了才能吃哦。咱们再等五分钟，我得去打个电话，打完就拿给你吃。”

她把装着内脏的小食盘放到冰箱里，然后走进客厅旁边的房间。我犹豫不决地在原地徘徊了几步，然后慢慢地来到了走廊。我边走边想，中午之前我还能得到什么吃的。突然看到卧室的门又开了。这两天我经过这个地方都绕着走，但是这时候我的好奇心战胜了恐惧。也许我能找到点什么线索，好让我知道那个可怕的夜晚究竟发生了什么事。我也不知道应该怎么去找，但是至少可以在光线好的时候四处看看。我听见卡洛琳在房子的另一端正对着一个黑色的塑料家伙说话。我知道人类在这种时候，特别是女人，注意力绝对不会轻易转向别的地方。以前艾米利亚也是这个样子，她打电话的时候我就可以从厨房里偷偷地叼好吃的东西。

我小心翼翼地把鼻头穿进门缝，空气还不错。于是我轻轻一拱就进去了。看上去没什么特别的。但是众所周知，细致的观察总会有新发现，作为狗来讲，就是依靠嗅觉侦察的。因此我决定对这里进行一次彻底的气味侦察。

从床开始，一切如常。右边是卡洛琳的味道，左边托马斯的味道重一些。好的，我的结论是什么？这就是他俩睡觉时候的位置。就在我要跳回到地板上的时候，突然闻到了另外一个味道。不是在床单上，而是下面，垫子上的味道。我把床单拱开，仔细地闻了闻。这个味道不常闻到。在卡洛琳这一侧毫无疑问是卡洛琳身上那种不可思议的味道，但是托马斯这一侧除了有他那惹人讨厌的味道，还有另外一种味道。是……嗯……我不太确定……是不是……不是，或者就是……很难确定！所以我又一次用鼻子好好地把整张床都闻了一遍。

就在这时，卧室的门被推开了："海格力斯，哎！你又在我们的床上干什么？"

卡洛琳站在我面前，用食指指着我大声责备。我羞愧地低头看着地板。我怎么跟她解释我正在找东西呢？我都不知道我在找什么。我只知道刚才什么有价值的东西也没发现。

"狗不能上床，海格力斯。你有一个非常舒服的睡篮，如果你想睡觉，就应该上那儿去。你也可以和我一起安静地坐在沙发上，但是你绝对不可以上床。托马斯最近不是已经跟你发过火了吗，我答应过他，好好教育你。我多希望你们能成为朋友啊。怎么就不行呢！"

卡洛琳这时候看起来是真的非常悲伤，我真没用。我把耳朵往后翻了翻，从床上跳了下来。来卧室侦察真是个烂主意，我真是蠢死了。

"别这么伤心地看着我，像你这么可爱的小狗也得时不时地学点东西。现在过来吧，你的午饭应该可以吃了。”

我当然不会提出异议，一溜烟儿地朝厨房跑去。卡洛琳把食盘从冰箱里拿出来，搅拌了一下，放到了我的鼻子下面。嗯，好吃。很正点的内脏，刚刚那一大堆烦恼马上烟消云散了。

回到工作室后，我睡了多半个小时。丹尼尔用一个硬纸箱和一个靠垫给我做了另一个窝——这人非常认真。我醒了，因为突然感觉好像有人在折磨贝克先生。异常恐怖的声音不断钻进我的耳朵里，音调很高，尖锐刺耳，是那种非常痛苦的号叫。我从箱子里跳出来，直冲声音传来的方向跑去。我看到卡洛琳站在前厅，胳膊上架着个什么东西。反正不是贝克先生，而是一个在工作室里四处可见的小木箱。它们的外形很奇怪，大小不一，也没有棱角，是圆的，怎么说呢？就像是把两个圆盒粘在了一起。此外，它们还有长长的脖子。卡洛琳正用一根带毛的棒子在这个脖子上来回蹭。或者说得更准确点，她用棒子在这个脖子上轻轻地来回划。这个小箱子肯定特别疼，因为它不断发出可怕的声音。

噗，血管里的血液都要凝固了！我忍不住高声叫起来。一开始有点畏缩，接着就越来越大。卡洛琳放下了小箱子，丹尼尔跑到屋子里面。他看着我，我又响亮地叫了一声，他却突然爆发出洪亮的笑声。

“嘿，这么说，海格力斯不喜欢音乐！那你到我们这里来可就倒霉了！”

音乐？拜托，这叫音乐？你不是认真的吧！我在艾舍巴赫堡听过音乐。会客厅里不仅有我最爱的沙发，还有一个被叫作钢琴的东西。老艾舍巴赫有时候还会弹一会儿，尽管不是我点的吧，但是至少没有我刚才听到的那么难听。有时候我跟艾米利亚一起去购物的时候，她在汽车里也会放点音乐，那是相当吵，不过还是很悦耳的，节奏感很强，而且很快。但是刚才我在这儿听到的所谓的音乐简直可怕至极，非常刺耳。我长这么大没听过那样的音乐。我坚决地摇了摇头。

卡洛琳和丹尼尔无可奈何地对望了一下。

“是不是声调太高了？把大提琴拿来，比起小提琴，可能会更讨他喜欢。”

丹尼尔跑开了，过一会儿拿着一个体积大一些的小箱子回来。啊，原来就是这个东西有那么好听的名字啊，希望它的声音也那么好听。丹尼尔坐在一把椅子上，用腿把大提琴夹住。他手里也握着一个棒子，接着棒子缓慢地移动起来。原来声音就是这样出来的呀，听起来确实要好多了。我满意极了，就势趴在了丹尼尔脚下，脑袋搭在前爪上。

“好啊，海格力斯不喜欢小提琴。不过这么看，他倒是不讨厌音乐。”卡洛琳说，“那咱们要是给小提琴调音的话，最好让他到花园里去散步。真可惜，小提琴的声音多好听啊。”

“谁知道狗的耳朵听到的是什么样子。可能他的耳朵会接收到一些咱们感受不到的振动。不是有那种无声的狗哨吗，我们觉得是无声的，可是狗却能听得很清楚。”

“嘿，你是不是偷偷把我的那本关于狗的书给拿走了？”

“没有啦，只不过我老家一直都养着狗，不过梗犬占多数，腊肠狗还没养过。这方面你可以拜我为师。”

“好的。如果我有什么专业方面的问题，可要向你请教了。不过现在我得继续工作。好了，海格力斯，如果你想保护你的小耳朵的话，最好到花园里去转转。”

好吧，我顺便还可以练习一下小便。

五

花园里很安静，一派祥和。我环顾四周，确认周围没有不速之客偷看，然后径直来到大树旁，抬起我的后腿。谁能给我评价一下？动作是不是流畅多了？我想起了那个讨厌的贝克。话说回来，这当然不是他的花园，而是我的。他不是从卡洛琳的工作室落荒而逃了吗，贝克只不过是个访客。不管怎么说，冯·艾舍巴赫都是高雅且好客的。但是如果那只讨厌的公猫以为，因为他在这儿住得时间长，我得任他摆布，那他就是个不折不扣的神经病了。我是不会让步的，冯·艾舍巴赫从不让步！

我左右腿轮换着又试了几下，没过一会儿就觉得无聊了。我想要到花园的角落看看。在大树的后面有一大块草坪，太阳光热情洋溢地洒在上面，除此以外那儿没什么东西让我觉得有意思。没有兔子或是鼹鼠的踪迹，时不时地有松鼠从草坪上跑过，我能够在他们跑过之后闻到一点气味，松鼠属于比较不好逮的猎物，他们逃跑的速度很快，而且经常蹿到树上，即使是像外公那样的身手在他们面前也束手无策。

草坪左右分开环绕着一片花圃，这里有一股夏天那种甜甜的味道，一群蜜蜂带着花粉嗡嗡地在花丛间飞舞。我围着花坛闻了闻，没有什么有趣的发现。我正准备转身，慢慢走向前花园，突然听到一个声音：

“海格力斯！嘿，到这边来！”

是贝克先生吗？来报仇？我决定不予回应。

“这家伙怎么这样，海格力斯，过来呀。”

我慢慢地转向那个声音，但是依然没有挪步。

“好吧，如果对于你来说这个很重要的话：卡尔-里奥波德，能否请您屈尊来一下？”

噢，换了个语调。不知道贝克到底想从我这儿得到什么重要的东西。但是这个魔鬼究竟藏在哪里了呢？我完全看不到他。草坪上没有，树上没有，哪儿都没有。

“贝克，你在哪里？我看不到你。”

“我在这上面。”

“树上面吗？”

“不，在桌子上面。”

桌子上面？我没发现有桌子啊，我不知所措地又看了看周围。

“在草地上的桌子上面。走到花圃后面来，你就能看到了！”

我缓步绕着花圃左侧走到后面，看到那里果然有一张巨大的桌子，或者更准确地说是看到了一张桌子的腿。腊肠狗的视角是很难越过这么高的花丛看到后面的东西的，不过我肯定他在那儿。

“对啦，这回对了。跳到椅子上来，你就能看到我了。”

他葫芦里到底卖的什么药？我四处张望想找椅子，在桌子旁边看到一把。嚯，不是一般的高啊！我这一跳估计根本上不去。

“听着，贝克，我不知道我是不是跳得上去。这对我来说有点儿高。你何不直接告诉我你想怎样，或者最好干脆跳下来找我？”

“不行。你马上就能看到我了，我干吗要那么做。你就努力跳一下试试吧！”

我叹了口气，向后退了三步，准备助跑。我猛冲向前，一个纵身。成功啦！险些失败，不过还是上来了。我因此有点小骄傲，我使劲仰着脖子——发现贝克先生端正地坐在桌子的正中央。描述得更准确点：是在一个端放在桌子正中央的鸟笼子里。

“这下你看到了吧，我根本没法下去。”

贝克一副倒霉相望着我，而我则必须强忍住大笑，免得又从椅子上掉下去。

“你在那里做什么？这个造型看起来挺搞笑的！你这么只肥猫居然挤在这么个小笼子里！”

“是啊，谢谢你的同情。我能在这做什么？本来我有个难得的机会，可以把那只多嘴多舌的虎皮鹦鹉给叼住，可是没想到这个笼子门是往里开的。我现在出不来了，因为我这身肥肉把门顶得死死的。”

“我只能说，胖死你算了！”

贝克没有理会我的顶撞，反而急切地盯着我，恨不得立刻从栏杆中间钻过来。

“你得帮帮我，卡尔-里奥波德。如果老迈耶看到我把她的鸟吃了，肯定会大发雷霆。”

“如果你不在笼子里坐着她就不会那么想了吗？”

“是，想归想，但是她没有证据。我的前一任主人是律师，我跟你说——人类觉得‘认为’和‘知道’这二者有着天壤之别。”

“那你说说看，为什么我应该帮你呢？我倒是挺乐意看到你被送到动物收养所或是别的地方去，这样我就彻底清静了。”

“嘿，好朋友，咱们不是宠物联盟吗？”

“宠物联盟？我不太懂，不过我倒是愿意就这个问题征求一下虎皮鹦鹉的意见。”

我刚准备转身离开，贝克先生又做了最后一次尝试：“好吧，你乐意怎么说就怎么说吧。但是如果你想要消除咱俩之间的敌意，这是个绝好的机会。想想看，在这栋房子里交个朋友还是很有益处的——更何况是一个超级了解人类的朋友！”

好的，这句话说到我心里了。我叹了口气：“好吧，那我该怎么做？”

“到笼子边上来。这个笼子可以从上面打开，不过必须要先把绳子上的结给扯断，光用我的牙不行。”

我观察了一下，明白了他的意思。的确，那个鸟笼上面还有一个门，用一根绳子系着，在外面打了个结，看起来是个活扣。

“我认为我可以做到。不过我们得把鸟笼给放倒，否则我够不到那个结。”

“对，没问题。把鸟笼子从桌子上推下去——身上被划上几条伤口总比继续在这里坐着强。”

“那好，小心了！”

我用力一推，笼子滑到桌子边，然后“砰”的一声摔在地上。

“嗷！”贝克大叫一声，并剧烈地颤抖起来，“好了，这下你可以到鸟笼边来了。”

我从桌子上跳回椅子上，然后再跳下来。我站在鸟笼旁边仔细地研究了一下。好的，这样就能咬开了。那个结正好在我嘴的高度，我们这个品种有一个特点就是拥有出色的咬力。我不得不说，我在这方面天赋异禀，艾米利亚在痛失了几双鞋以后才发现这个事实，不过再怎么说天赋也是要经过锻炼才能成为本领的。

我花了不到三分钟时间就把绳子咬断，盖板开了——还好是外开的。尽管开口很小，但是贝克先生还是用尽全身力气钻了出来。我真是对猫的身体柔韧度佩服得五体投地。他们要是到獾洞里去扫荡的话肯定游刃有余——但是他们好像都比较胆小，不敢跟獾面对面地对峙。相较之下，一只虎皮鹦鹉算是比较容易对付的猎物。

贝克气喘吁吁地坐在我身旁。

“谢啦，朋友。”

“不客气。不过你真的把那只可怜的鹦鹉给弄死了吗？”

我看了看鸟笼。奇怪，一根羽毛都没有。只有一只损坏的绿色塑料小鸟掉在笼子底板上。贝克不会真的把虎皮鹦鹉连皮带毛都吞了吧？咝，我被这个想法吓得不禁哆嗦起来。擒获是一回事儿，但是至于把战利品吃得连骨头都不剩吗？贝克对此不置可否，平静得可疑。

“嘿，吃了鹦鹉不撑吗？”

“嗨，别提了——鹦鹉还活着，我没把他吃了。”

“还活着？你的意思是，你被关在他的笼子里，而他还活着？那他上哪儿去啦？”

“这的确有点让人不好意思，不过我还是得承认，我去捉他的时候他根本没在笼子里。”

我瞪大了眼睛看着贝克。

“我知道你在想什么，但是的确是这样：那只讨厌的鸟当时根本没在笼子里。我今天一早到花园里散步，看到这个鸟笼子放在桌子上，于是我就想，机会来了。我毫不犹豫地跳上桌子钻进了鸟笼子，咬住了它，却发现我嘴里的居然是这个破塑料玩意。听明白了没？老迈耶把笼子清理干净，放在外面。那只鸟根本不在里面，笼子里只有他的那个塑料同伴。”

“什么？你干了什么？你这么大费周折，却只抓住了他的塑料同伴？”我扑哧一下大声笑了出来，“这不可能！怎么会把它当成是一只真鸟呢？你可真够瞎的，哈哈！”我兴奋得忍不住在草地上打起滚来。

“那只塑料鸟看起来跟真的没什么差别。”贝克有点生气地辩解道。

“是啊，外形是差不多，但是他们的味道完全不同啊！”

贝克沉默了。显然，我的幸灾乐祸触动了我这个新朋友的哪根神经。好吧，可能我不应该表现得这么夸张。

“嘿，对不起。我没想取笑你。我只是没想到事情是这样的。”

贝克悲伤地看着我说：“我告诉你怎么会这样吧，我这只该死的老猫视觉和嗅觉都大不如前了，所以会发生这样的事情。也难怪你这样的小青年无法理解。”

谁遇到这样的事情都会感到备受打击。这个故事的确很狗血：冲进了一个没有猎物的鸟笼子，却再也出不来了。我试着让他振作一点。

“好啦，你应该有很多我没有领教过的独门绝技吧。”

“也许吧，比如说呢？”

贝克沮丧地盯着我。我想了想，突然想到他有个本领，不禁羡慕嫉妒恨。

“嗯，你刚刚不是说过吗，你很了解人类。即使他们举止异常，你也能知道他们的用意。我觉得，我完全无法领会他们的做法。”

我这个例子举得显然非常恰当，贝克先生笑逐颜开，轻轻推了我一下。

“小伙子，这话你说对了，我很了解人类。不过我倒是可以多给你提建议，只要咱俩是朋友，我就会帮助你，帮你了解人类。”

六

我右耳朵后面不知道为什么突然特别痒，大约是从三天前开始的，一天比一天痒。很可惜我的舌头够不到这个位置，而每次我用爪子去挠，就会感到一阵撕心裂肺的疼痛。见鬼，我不想表现得疼痛难忍，但是这的确已经不仅是不舒服的感觉了。我想到，可以到门框上去蹭一蹭，门框比较圆滑，可能比用爪子挠要舒服点。

“海格力斯，你在那干什么呢？”

卡洛琳在我身边蹲了下来。我继续蹭，并且短促地叫了一声。她把我从门框边拉开，抱在了怀里。

“肯定是哪里不舒服了，小家伙。小耳朵疼吗？”她轻轻抚摸着我的头说。接着她碰了碰我右边的耳朵，我抽搐了一下。“原来是这样啊，这里有个肿块。”她正好摸到了那个疼的地方，我大声叫了起来。

“丹尼尔，你能不能来一下？我需要你的专业指导。海格力斯耳朵上有个肿块，他好像很疼的样子。”

丹尼尔把头伸出他的房间："稍等一下，我马上就来。"

希望丹尼尔能帮我，因为我越是注意那里，那里就越疼。那种瘙痒也从间歇性变为持续性。我把头搭在前爪上，轻轻地呻吟起来。真希望人类能知道我现在有多痛苦。

"来，海格力斯，让我看看。"

丹尼尔弯下身子，小心翼翼地把我的右耳推向前面。我呻吟的声音大了一些。丹尼尔摸到那个肿块后，轻轻地把那周围的毛给拨开了。

"哈，我就知道。"

卡洛琳不安地看着他问："严重吗？"

完了，我也不安起来。我的耳朵是不是会掉啊？听觉对于猎犬来说是多么重要啊，到时候我没准会成为全世界最丑的腊肠狗了。

丹尼尔摇了摇头说："不严重，别担心。可能就是蜱虫。"

呼，这下我放心了。我听说过蜱虫，不是什么致命的毛病。尽管我还没得过，不过每次我们在城堡的花园里疯跑之后，艾米利亚都要认真地在我们身上查看一番。

"首先，"丹尼尔继续说，并且提高了音量，就好像怕我这要掉了的耳朵听不到似的，"首先这里有点发炎了。伤口的周围很烫，还有点化脓。我们现在倒是可以把这个蜱虫用镊子给拽出来，但是我觉得为保险起见还是带海格力斯去看医生吧。"

哦，不，别带我去看兽医！一提到去医院我就觉得恐怖，而且我能感觉到脖子上的毛全都竖了起来。

"海格力斯，人类有这么可怕吗？"丹尼尔用开玩笑的语气说。

我不知道这有什么可笑的。

"显然你家的这个新成员完全明白咱们的意思，而且很不愿意去看兽医。你看他整个身体都僵硬了。"

他把我递给卡洛琳，她把我搭在胳膊上，用手轻轻抚摸我的头让我安静下来："海格力斯，别害怕。去医院没那么可怕。"

好的，恕我直言，我比你们更了解兽医。在场的这几位，只有我有过作为病患去看兽医的经历，而且已经有两次了。第一次我被一个友善的护士迷惑了，没想到那个被称为兽医的家伙猛地把我皮肤的褶皱高高拽起，一针扎了进去。想想看——那可是针啊！扎进我嫩滑的皮肤！兽医不可怕？还有，我一直想不明白，人类为什么会用什么呼吸道滴剂。我这时候要是能说话该多好，真想跟他们探讨一下！

就在我抱怨，想要把我内心所有纠结的想法汇集成一声响亮的叫声的时候，门铃响了。卡洛琳把我放下，去开门。

"嗨，你们都在啊！"

"嗨，倪娜！你呀，我差点忘了。恐怕咱们今天中午的约会不得不稍稍调整一下了。"

倪娜听了有点失望："啊，为什么呀？发生什么事儿了？"

"海格力斯染上了螨虫，耳朵发炎了，我得带它去看兽医。晚点又有客户要来，恐怕没时间了。"

"太可惜了！但是可能看病不需要花太多时间，之后我们再去吃点东西吧。我跟你一起去，要去哪里？"

"嗯，我还没想到这点。没料到这么快就需要去宠物诊所。你有什么建议吗，丹尼尔？"

丹尼尔在想办法了，一般他皱起眉头，就表示他在思考这件事情。我得多观察人类的表情，可以从中了解许多他们当下的想法。其实我已经学了许多有关"了解人类"的方法，但是我觉得我还要多花点时间向贝克学习。

"嗯，我们认识的那个老兽医非常出色，但是我不确定他是不是还在行医。他医术很高明，而且远近闻名。他叫马克·瓦格纳，诊所就在海尔曼大街的拐角，你打电话到问询处试试看。”

不到半小时我们三个就已经坐在瓦格纳医生的诊所里了。艾舍巴赫堡的兽医都是到城堡里出诊的，我今天还真是第一次到诊所里看病。而且我必须说：我真希望自己耳朵不疼，真希望右边的耳朵没有生病。我坐在卡洛琳的怀里可以清楚地看见我们旁边的椅子下面有个宠物箱，里面坐着两只兔子。太不可思议了，我居然离他们这么近。我感觉到了，他们温暖的绒毛让我的鼻子阵阵发痒。我很想跳到地上，好好看看他们俩。也许我还可以在候诊室里追着他们跑？当然只是为了好玩儿。我们的口号是，宠物要团结。稍微咬一下他们的后腿应该不至于让他们一命呜呼吧。我发觉，浮想联翩有助于缓解我耳朵的疼痛。

我的前爪慢慢从卡洛琳的膝盖上往下滑，时不时地抬头看看她是否注意到我的动作。没有，她正在热情洋溢地跟倪娜聊她们最爱聊的话题呢——托马斯。我小心翼翼地从她膝盖上滑下来，刚好落在宠物箱的前面。卡洛琳只是摸了摸我的头，然后又转回头跟倪娜聊天了。我往四周看了看——周围很安静，兔子的主人正站在挂号台前跟那个年轻的女助理聊天。好吧，朋友们，咱们一起做个游戏，如何？

我把鼻子顶在箱子上，这味道真不错，我兴奋得快要叫出来了！不过我忍住了，否则我的计划铁定失败，也别想追着他们取乐了。我试着把门上的插销抬起来，这是把小栅栏门锁在盒子上的唯一机关。兔子都看着我，他们看起来不怎么兴奋。不过这无所谓，我这时候已经用牙齿把门闩高高转起。只听“咔”的一声响动，栅栏门朝外打开了。太棒了！成功了！我立刻把头伸到箱子里想要咬住那个个头大一点的。他害怕地尖叫起来，显然并不觉得这好玩。就在我马上就要擒获他的时候，不可思议的事情发生了：他的同伴居然以迅雷不及掩耳之势冲向前，咬住了我的鼻子。我狂吠起来，并且把头从箱子里抽了出来。太阴险了！

兔子们迅速地从箱子里跳了出来趁机逃跑。我愤怒地狂叫，完全忘记了身上还拴着绳子。绳子的另一端就在倪娜手里，兔子从她腿边跑过的时候，她惊恐地跳了起来。她被绳子绊了一下，趔趄了几步，一下跌到一个穿白色工作服的男人怀里。当时，他刚好推开我们椅子边的门认真地叫号："诺依曼女士和海格力斯在吗？"我一看到他，一股毛骨悚然的感觉立刻涌遍全身。但是我没来得及多想，因为就在这时候，兔子的主人从柜台向我们这里跑过来，一边叫道："波波，白雪！我可怜的小宝贝们！"一边向我狠狠踢来。我闪开了，躲身藏到旁边的椅子下面。卡洛琳慌乱地用力拉着我的绳子，一个老奶奶抱着一只上了岁数的西班牙长耳猎犬歪斜地坐在对面，看到此情景激动得咳嗽起来。那个穿工作服的男人——显然是瓦格纳医生——怀里还抱着倪娜，我已经做好心理准备，他随时都可能放下倪娜，朝我扑过来。

但是跟我想的完全不同，瓦格纳医生没有来追我，反而大笑起来。他的笑声低沉而愉快。一瞬间，我仿佛回到了艾舍巴赫堡，感觉自己又和夏洛特一起坐在马厩前厅凉爽的瓷砖地面上。我几乎能够听到老艾舍巴赫公爵和兽医谈话的声音。瓦格纳医生不是随便什么兽医，他是我的兽医！我兴奋得大叫起来——也许是因为害怕，或者是高兴，我自己也说不清。

"小家伙！看看这儿被你折腾得天翻地覆了。"

瓦格纳医生在我藏身的椅子前面蹲下来，摸了摸我的头。卡洛琳也在旁边弯下腰，解开了拴着我的那根已经完全拧成团的绳子，把我从椅子下面拉出来。

“天哪，瓦格纳医生，我实在是太不好意思了。我向您道歉，希望那两只兔子没事。”

呸！叛徒！你怎么能关心那两只兔子？你应该关心关心我——是那个阴险狡诈的长耳怪先偷袭了我，我才做出像刚才那样凶狠的举动。不过好在瓦格纳先生还分得清青红皂白。他摇摇头，把我抱在怀里。

“别担心，你不用觉得难为情。这个小家伙也不是有意的。混种腊肠，是吗？你要知道，几个世纪以来腊肠狗都一直被训练追击兔子。经过三百多年的培育，他们已经相当训练有素了。”他抚摸着我，我舔了舔他的手，“不过我感觉，我从前好像就认识海格力斯似的。你从前带他来过这里吗？我们没有找到他的病历卡。”

卡洛琳摇摇头说：“没有，我才开始养狗。我的一个朋友推荐我来您的诊所的。”

“这样啊，那是我犯糊涂了。我一年前才从我父亲手里接手这个诊所，可能是我记混了。”他又转向倪娜，“希望我刚才施救的动作没有冒犯您。”

倪娜露出了不常见的笑容，并且用一种和平时不一样的音调说：“绝对没有，正好与您说的相反，您出现的时机刚好，非常感谢。”

“那就好，那我们现在去给海格力斯做个检查吧。请您两位跟我一起来好吗？”

他重新打开了刚才的那扇门，用手势表示请进。卡洛琳先走了进去，倪娜明显不乐意看我检查，然而她没有回到原位坐下，而是跟着卡洛琳走了进来。

瓦格纳医生向挂号台里的年轻女孩点了一下头说：“欣叶，能不能麻烦你帮李德勒先生把波波和白雪抓住？不然的话他们恐怕要成为下一只猎犬的猎物了。”

门后面是一间很明亮的房间，正中间放着一张桌子。瓦格纳医生把我放在诊疗台上，检查起来。

“呀，海格力斯，你怎么了？”

“他右耳朵后面感染了蜱虫，我看伤口好像发炎了。”卡洛琳解释道。

瓦格纳医生用手顺着我的耳朵往上摸，摸到了那个肿块。他刚一碰到那个地方，我就紧张地抽搐起来。一场混乱过后，那里已经一点都不疼了，但是现在我又开始觉得疼痛难忍。

“你说对了，是发炎了。我现在要把蜱虫拔出来，然后给伤口消毒，再给海格力斯开点抗生素。很有可能是别的动物传染给他的。另外我还得给他戴一个塑料脖圈，这样他就没法用爪子挠到伤口了。”

太棒啦！我仿佛又看到了“美好”的明天。我敢打赌，贝克明天要是看到我戴着这么个玩意儿的话，肯定会笑到肚子疼。

“那好，现在请您牢牢抓住海格力斯的前爪，我要给他戴上一个口笼。否则拔蜱虫的时候，他搞不好会咬到我们。”

“我能帮点什么忙？”倪娜问。

我是不是又幻听了，还是她想要给瓦格纳医生留下个好印象？她从来没这么可爱过。

“谢谢，啊……这位小姐。”

“我叫博格内，倪娜·博格内。”

嘴上的口笼遮挡了我的可视范围，因此，我没看清楚倪娜是不是在对瓦格纳医生放电。她露出了全部的牙齿，在我看来，好像要狠狠地咬谁一口。这会儿，她的声音像笛声那么悦耳，我起了一身鸡皮疙瘩。

“谢谢，博格内小姐，您人真好。不过我们来就可以了。”

“唉，我特别担心这个小家伙。您知道，我很爱狗。”

这人，这话说得真让我闹心。希望瓦格纳医生快点给我治疗，我们好赶紧回家。我透过缝隙看到他手里拿着一个长得像钳子的工具，向我弯下腰——哦！我就知道看兽医是要让我付出痛不欲生的代价的。今天也不例外。我真想咬瓦格纳医生，这个破口笼真碍事。

“冷静，海格力斯！马上就好了。”瓦格纳说，“再坚持一小会儿就可以回家了。”

他拿来了一个装着液体的小瓶子，打开，一股极具穿透力的刺鼻气味冒了出来。哇，这味道真让人痛苦！瓦格纳往棉球上滴了几滴。然后他开始用棉球在我的伤口上涂抹。又来了，噢！伤口火烧一样疼，我从卡洛琳的手里挣脱了，跳开并冲着他俩生气地呜噜起来。

“海格力斯！”卡洛琳训斥道，“瓦格纳医生在帮你治病呢。乖一点，趴下来！”

“不用了，诺依曼小姐，我已经弄完了。蜱虫已经拔出，伤口我也已经消毒了。等一下我的助手会把脖圈和抗生素交给您。每天给海格力斯喂食的时候把药片混在食物里让他吃掉就可以了，坚持七天。这样就没事了，海格力斯很快就能恢复健康。”

十分钟以后卡洛琳抱着我，一同坐在倪娜的小轿车里。倪娜心花怒放得溢于言表，自己在那里高兴地吹着口哨。

“你心情怎么这么好？”卡洛琳问她。

“是呀，我觉得挺有意思的，另外一种形式的午休。我以前还从来没去过宠物诊所。”

“是啊，你还是没说为什么。我一直觉得你不怎么喜欢动物。说实话，你这个新冒出来的爱犬情结还真是把我吓了一跳。”

“为什么？海格力斯是个可爱的小家伙。这样，如果以后再去诊所的话，我一定乐意奉陪。”

“哈！你确定这个跟另外一个可爱的小家伙没关系？”

“拜托！我不明白你说什么。”

这次我同意倪娜的观点。我也不明白卡洛琳在说什么，另外一个可爱的小家伙？除了我以外，我没发现诊所里有谁还能胜任这个称号啊。

“少装了，你还真以为我没看到你怎么给医生暗送秋波的吗？”

倪娜不说话了，继续吹着口哨。

“承认吧，你喜欢他吧——他接住你的动作太酷了。”

卡洛琳笑了起来，倪娜还是不说话，人类的交流真是莫名其妙。

一回到家，我就想赶紧回到我的小睡篮里，但是没有如愿，因为就在卡洛琳打开房门之前，贝克突然出现，他在我身边悄悄说：“我们得谈谈，立刻！”就不能让我清静会儿吗？不过贝克的那个严肃表情让我不禁好奇起来。

“好吧，花园里见？”我顺从地叹口气。

贝克点点头，就消失了。我抬起头看看卡洛琳，小声哼唧起来，并不安地跑来跑去以引起她注意。

“怎么啦，海格力斯？你想干什么？”

我短促地叫，并且向花园的方向跑。

“嘿，等会儿！我得马上去工作室。”

我停了一下，然后再次哼唧起来。

“那好吧，既然你这么着急……”

一来到花园，我就看见贝克坐在我们的那棵树下，我挨着他蹲坐下来。

“怎么了？”我问。

贝克装腔作势地说：“我发现了一个爆炸性新闻。”

七

“哪里？我什么也看不见呀！”

“就在那边！”

我努力盯着街对面歪斜的篱笆，但是没有发现贝克说的爆炸性新闻。好吧，可能是因为我脖子上戴着这个巨大的塑料玩意，完全干扰了我的视线，可是我也没办法。贝克不耐烦地喘着气。

“那我们就跑近一点吧。走，跑过去！”

“等等，我想先了解一下，咱们是要去干什么。”我阻止了他。还有，我戴着这个脖圈实在没法跑，我原地不动。贝克叹了口气。

“我们去解决你的大难题。”

“啊？”这只公猫真是越来越让人受不了了。

“嗨，其实我是想说——不仅是大难题，而且是最大的难题。”

“最大的难题？难道说，我们在对面可以找到证据证明我是纯种的腊肠狗，艾舍巴赫堡把我的身份搞错了？”

我仿佛看到了一张血缘证明，像一卷厨房卷纸那么长，最上面印着我的名字。

贝克嘟囔道："胡扯，怎么可能是这种鸡毛蒜皮的事，你最大的难题是托马斯呀。"

"啊，对呀。"

"你不是说过，托马斯要把你赶出家门吗？"

"对。"

"那怎么办？"

"我必须要好好表现赢得他的好感。"

"错。你应该先发制人，把他赶出家门，而且必须在他把你送回动物收养所之前。"

"我要把托马斯赶出家门？"我难以置信地盯着贝克，"这怎么可能？难道说让我把他干掉然后偷偷埋起来？我觉得你太高估我了，再怎么说我也只是一只腊肠狗，不是军犬。"

贝克摇摇头："我的上帝，你的理解能力真差！不是这样的！今天你可以抓住托马斯的把柄了，这机会可遇而不可求啊。如果你再磨蹭的话就来不及了。快跑，跟上我！"

我叹口气。我的生活什么时候才能变得平静一点呢？

我们来到了马路的另一边，我还是不明白贝克激动的原因。

"不好意思，我今天好像没有跟上你跳跃的思维。你到底是要我来这儿看什么爆炸性新闻？"

"你站到这里。"

"啊？"

"站在证物A前面。"

“证物A？我真有点开始担心你是不是有毛病了。我就看到了两辆小轿车和一个配电箱。别把气氛搞得这么紧张。我今天看完医生以后累坏了。如果你能明示你到底要干什么，那我真是感激不尽。”

“没错。你看到这里有两辆小轿车。而我看到的是一辆宝马，黑色的金属漆。这是第一个完美的举证，有了它你就可以让托马斯站在门外，而你坐在他的沙发上了。再来看一下证物B。冯·艾舍巴赫先生，请跟我来，我们掌握了案发现场的位置。”

我怎么觉得贝克说话像个律师呢，听起来真不舒服，满口都是律师经常说的废话。太悲惨了，人类就是这样同化他们的宠物的。我一直不希望这样，那样地球才是一个更美好的地方。

“跟上，腊肠狗！跳到配电箱上！”

贝克一跃而上。

“你跳上去啦？那我怎么上去？一般情况下我都不可能上得去——何况戴着这个脖圈。除非你告诉我，你这到底是在折腾什么，否则我马上跑回家去。”

贝克看起来很沮丧：“你的反应跟我想的可不一样。我做了这么多事情还不是为你好。对我来说你的那个托马斯在哪儿干什么都跟我没关系。但是我觉得你是我的朋友……”

“打住，你是什么意思？跟托马斯有什么关系？”

贝克从配电箱上跳下来，正好落在我旁边。他们这些猫真是身轻如燕，不得不佩服。

“那我就告诉你吧：今天早上我像往常一样散步。我很喜欢公园的另外一侧，因为这边的空气很好，老鼠也多，还更安静——你也会注意到这点，如果你长时间……”

“贝克！”我不耐烦地打断了他，“这跟托马斯有什么关系？”

“我走到这儿的时候，刚才我提到的那辆宝马正好停在我身旁。你猜谁从车上下来了？”贝克用加重的语气说，“托马斯！”他意味深长地不再继续说。

“然后呢？他开到这里来干什么？可能他在这里工作。他每天早上都开车去上班。”

“你呀，海格力斯！别天真了！即便是个傻到家的人，从咱们的房子步行到这里最多也就用十分钟时间。这里肯定不是他的办公室！接下来更精彩！”他的尾巴这时激动地晃来晃去，“托马斯走到了这所房子的入口处，就是我们现在站的这个地方。他打开门，竟然有个年轻的女人出来迎接他！她立刻环抱住他的脖子！就在屋子的走廊上，我现在还能看到！”

我摇摇头：“我不明白，这有什么好兴奋的。人类不是经常搂搂抱抱的吗？可能人类靠两条腿站得不是特别稳，时不时得需要别人帮着支撑一下。比如说，倪娜今天就正好被一位兽医……”

“胡扯，你这只傻乎乎的腊肠狗！”贝克粗鲁地打断了我的话，“不是你想象的那样！他们在亲吻！你明白吗？托马斯和另外一个女人拥吻！”

“这有什么？这很常见，卡洛琳和倪娜时常亲吻脸颊，这不就是人类的一种礼仪嘛。”

“用舌头？”

“你再说一遍？”

“那如果他们是舌吻呢？”

我被搞糊涂了。舌吻？

“用舌头舔吗？我还真没见过人类有这种举动。他们根本不会，太残缺了。”

“那是你没见过！”贝克用一种胜利的口吻说，“他们当然会！但是不经常，他们只在想要交配的时候才会这样做。我看见了，我偷偷地跟着溜进了走廊，因为我当时就有不好的预感：托马斯和这个女人疯狂地舌吻。起初他们的亲吻挺平常的，但是接着就越来越热烈。这是一个确凿无疑的征兆！这里面肯定有个巨大的阴谋，而我发现了！”

对于我这么一只小腊肠狗来说的确有点复杂。我的耳朵一阵轰鸣，脑子一片混乱。贝克先生显然看出了我的凌乱，于是他向我身边挪了挪，小声说出了他的计划。

“卡尔-里奥波德·冯·艾舍巴赫，托马斯的生死我已经交到你手上了。他和一个女人欺骗了卡洛琳，你肯定知道，男人和女人相爱成为一对情侣，一旦这样的关系建立起来，那么他们就是一体的，一切其他的关系都是欺骗。说明白点就是，一旦一个人同伴侣以外的另一个异性交配的话，那么这就是欺骗。类似这样的亲吻，托马斯和这个陌生女人的舌吻就是欺骗的开端。我前一任主人，那个律师，对这个相当有研究。有许多男人和女人因为受到了欺骗，想要和他们的配偶离婚，都来找他求助。我们那儿有一个专家，专门暗中给这些骗子拍照作为证据。我经常能看到照片上的两个人在放肆地互吻。我们的委托人看到照片后，绝大多数的反应都是哭泣——于是我的主人就帮助他们摆脱那些骗子。我的计划是：我们让卡洛琳知道托马斯是个骗子——这样我们就可以把他扫地出门了。这计划很棒，是不是？”

我这时也激动起来，疯狂地摇起尾巴。

“你觉得这可行吗？”

“百分之百没问题，肯定能把他置于死地，我们还需要一个证据。”

我停住了摇尾巴。

“见鬼。”

“是什么？”

“证据呀，我们怎么拿出证据来？我们根本不会照相，没法拿给卡洛琳看。托马斯也不可能傻到在她的眼皮底下跟别人拥吻。”

贝克点点头说：“确实，这的确是个问题，我得好好想想办法。既然这样，我建议咱们先继续观察，现在我们进入证据保全阶段。”

我真想说，律师的废话。

“但是你不知道托马斯和这个女人在哪个房间呀。即使你知道，我们怎么进去呢？”

“你真是个死脑筋。你这句话有两个错误。第一：房间在一层，我看到那个女人关窗了。这样我们就能够很容易修正你的第二个错误：一只狗可以不费吹灰之力地进入一层的房间。”

是我理解错了吗？还是这话里的确有讽刺我的意思？随便啦，我决定忽视他对我的讽刺，无论如何我都要挑战一下，跟着这只脑袋进水的猫进入一个陌生的房子。

“走快点，我真受不了你的磨蹭！”

贝克边叹气边摇晃着身子，我还在犹豫，窗台挺高的，如果我掉下去，肯定会受伤。可是我们已经到这一步了，这时候放弃或是转身的话太丢脸了。我们悄悄地从送报口溜进了房子，又从后门走进了庭院。现在我“只需要”从后门的台阶上跳上刚才提到的那个房间的窗台就大功告成了。我闭上眼睛，深吸了一口气——跳。

好的，差不多有半米吧。不管怎么说，我毫不费力地直接落在了窗台上。呼，两秒钟之后贝克落在了我身边。我很是嫉妒猫科动物的敏捷身手。如果没有脖圈的话，我可能跟贝克跳得差不多远。我们俩好奇地透过窗户看着里面，真的是托马斯，还有那个女人。他们的动作与不久前托马斯说"正在状态"时一样。那时候房间太黑了，我没法看清楚，但是这下我完全明白了：我们正在目睹交配。

贝克欢呼起来："没错吧，我就知道！做爱！应该给我封一个'超级灵敏嗅觉'的称号！干脆叫我夏洛克·贝克[2]吧！看看我有多老到。"

他疯狂地跳上跳下，这个动作让我有点担心，我们可能会一起摔下去，或者被发现。当然后者不太可能，因为托马斯和他的同伴正忙得不可开交呢。

"是吗，这就叫做爱呀？"贝克重新冷静下来之后，我干巴巴地说。

"没错。人类真是乐此不疲，不管跟谁，什么时候。真是不可理喻。"

好的，这跟腊肠狗养殖场没什么差别。让母狗受孕的过程相当麻烦：在获得联邦繁育管理委员会的许可后，纯种的公狗被带到这里，等待母狗发情，然后为他们的交配做好准备，然后，然后，然后……是个挺复杂的过程。整个过程中，繁育员都要在旁边监视，以防有其他公狗捷足先登——就像我妈妈似的。那样的话，所有努力都白费了，繁育出优质后代的梦想也破灭了，不过我是个例外。

可以肯定的是：在进行腊肠狗繁育的时候一定要做足准备，要充分考虑德国腊肠狗俱乐部的养殖和登记的相关规定，不过人类的繁育显然不太一样，应该有比族谱管理局更重要的机构，否则有什么理由才能把一对伴侣，或者更准确地说是把卡洛琳和托马斯分开呢?

2　译者注：此处贝克在暗指自己为福尔摩斯，其全名为夏洛克·福尔摩斯。

“你想什么呢？”贝克问我。

“没什么，我只是不明白，为什么这对于人类这么重要。我的问题是为什么只能和同一个人。”

“当然是因为爱！”

“因为爱？这有什么关系？”

“无语了，海格力斯，我还真是要从头教你。是这样，性和爱是相互依存的，这是人类伴侣最基本的常识。我就不给你展开说明了，现在没时间给你讲这些了。现在最重要的问题是，我们怎么才能向卡洛琳证明，托马斯在欺骗她，其他的以后再说吧。”

那好，猫说怎么样就怎么样吧。我突然想到了一个绝妙的主意：“好吧，既然我们不能照相，那就必须拿点别的东西。”

贝克吃惊地望着我：“拿点别的东西？拿什么呢？”

“随便什么，只要卡洛琳一看到能马上知道发生了什么事就行。比如说……”我又重新彻底地回望了一下整个场景，“……有了，我知道拿什么了！”

“你这个浑蛋，浑蛋蠢猪！”

卡洛琳彻底释放了。我顿感激情澎湃，我们的计划成功了！

“但是，宝贝儿，你让我解释一下……”托马斯结结巴巴地说，“这只是个巧合，没别的！”

“我在你的夹克兜里找到一条丁字裤，你还说这是一个巧合？你觉得我有多傻？”

她应该问，托马斯有多傻。那东西可不是自己冒出来的，是我把他的夹克叼到走廊里。我只能说，如果你对自己的宠物不好的话，你也别想有好果子吃。他现在尝到自己种下的苦果了吧？卡洛琳吃惊地看着我，没错，然后就看到了那条丁字裤的一角。

“相信我，卡洛琳，我真的一点也不知道这条内裤是怎么跑到这里来的。真的一点也不知道！”

托马斯拼命地解释。卡洛琳开始有点心软了。

“我已经受够了你的谎言，托马斯。一直以来我都有一种感觉，好像哪里不对劲。你那些奇怪的电话，还有那些编造的出差理由。”

卡洛琳的这些直觉实在是太精准了。托马斯那个情人可不是昨天才出现的，当贝克先生叼着女士内裤从开着一条缝的露台门溜出来的时候，我才弄明白。我闻了闻，突然想起那个熟悉的味道：就是托马斯和卡洛琳床上的那第三种味道。于是当时令我不解的事件全都清楚了：就是这个女人的味道。他们肯定曾经在卡洛琳的床上躺过！我没有理解错吧？根据我对这个课题长时间的研究，我很肯定这种行为可以算得上是升级版的“欺骗”。我希望卡洛琳千万不要对托马斯心软，这是他应得的，他就应该从这里像一条抛物线一样被扔出去，这是千载难逢的机会。卡洛琳的声音听起来像是要跟他和好。

“上一次酒店订单上写着布罗德坎普先生和夫人——你说是秘书看错了。我闻到一股陌生的香水味，你说是我的错觉。算了吧，就这样结束吧！你滚吧。马上！我现在要开车去找倪娜，希望我回来的时候你已经离开了。”

她转过身朝门的方向走去。

“但是，但是——卡洛琳！”托马斯抓住了她的胳膊，“你不能这么做。你不能就这么把我赶出去。我觉得我们还是相爱的！”

卡洛琳盯着他的眼睛用异常坚定的语气说：“没错，我曾经也这样认为。但是我发现我在自欺欺人。好自为之吧，托马斯。来，海格力斯，倪娜在等我们了。”

卡洛琳，我真为你感到骄傲，你做得太棒了，眼睛都没有眨一下，几乎可以称作冷酷无情了。我坐在副驾驶的坐椅下面，尽管不能看清楚她的脸，但是她肯定容光焕发。她终于摆脱那个骗子了——就用这个理由好好庆祝一番吧！

我实在是太幸福了，我仿佛看到我和卡洛琳晚上一起舒服地坐在沙发上看着电视。我以后是不是可以在床上睡觉了？一个人睡那张床有点太大了吧，如果是跟我这样的一个小家伙一起就刚好——欢呼！车突然刹住了，我本来坐在下面就很不舒服，这下又被猛地撞了一下。哦，我们是不是撞车了？我重新坐直了身子，忽然明白了卡洛琳急刹车的原因：她的上半身完全贴在方向盘上，脸颊埋在双臂中间，痛哭流涕。她不仅仅是在哭，她整个身体都在发抖，肩膀抽搐着。我听到她在抽泣，害怕极了。为什么？卡洛琳一点都不觉得幸福。我束手无策地傻坐在她旁边。怎样才能安慰人类？

我慢慢地把鼻子伸到她的胳膊下面，接近她的脸颊。起初非常小心，然后往里蹭一点。嗯，咸咸的味道。一开始，卡洛琳没什么反应，这有点奇怪，因为通常来说，狗舔人类脸颊的时候，他们都会有点反应，这么看来情况不太妙。

卡洛琳终于抬起了头，转向我，抚摸着我的头："你想安慰我，是吗？真可爱。我真的很高兴收养了你。"

我想要发出一种叫声表示肯定，但是我没叫出来。我又舔了舔她的手。她轻轻笑了，她终于笑了！

"好了好了，宝贝。吓着你了，是不是？你根本不知道发生了什么事情，可怜的家伙。"

好吧，我不想直说，但是这也不错，卡洛琳并没有完全搞清楚事情的来龙去脉。她把眼泪从脸上抹掉。

“好了，别担心，一切都恢复正常了。”

她现在是在和我说话吗？还是在自言自语？不过她终于停止了哭泣，继续开车。

卡尔-里奥波德·冯·艾舍巴赫，这次干涉人类的琐事看来是一个正确的决定。

八

“海格力斯，老朋友，我真希望你能说话。”丹尼尔把我举起来放在他的工作台上，看着我说，“我特别想知道托马斯和卡洛琳之间到底发生了什么事。”他挠挠我的脖子，“但是她不愿意跟我说——而你呢，却不会说。”

说老实话，即使我会说话，也不会把发生的事情讲给丹尼尔听。因为此时此刻我真希望贝克和我当时没有揪出“内裤门”这个丑闻来。卡洛琳和我从倪娜家回来的时候，托马斯已经离开了。然而事情并没像我所期望的那样进展，我们并没有舒服地坐在沙发上依偎在一起，我也没有躺到床上托马斯的那个位置，都没有。自从托马斯离开以后，卡洛琳也完全变了个样子。她经常哭泣，也不怎么跟我说话了。其实是她不跟任何人说话。她几乎不怎么睡觉，总是在屋子里走来走去，放很吵的音乐听，有的时候吵到邻居都找上门来。但是邻居来敲门投诉的时候，卡洛琳一言不发地看着他们，然后关上门，接着就把音量调低一些，但是之后没有任何变化，她继续在房间里毫无目的地游走。

那件事情之后四天她都没有去工作室上班。早上给我喂食后，她就带着我一起去找丹尼尔。她什么都不说，只是拜托丹尼尔白天照顾我一下。因此我现在整个白天都要和他一起度过，晚上他再把我送上楼。他试图借着送腊肠狗的时机跟卡洛琳说上几句话，但是从来没成功过。

“真的，海格力斯，我非常担心。她因为托马斯变得这么憔悴，实在是太可怕了。我想，你的想法肯定跟我一样：那个浑蛋就是个不折不扣的白痴，根本不值得为他哭泣。更何况是像卡洛琳这么出众的女人。”

哇，没错！他提到托马斯的时候我发出了呜噜声，此外，我还为丹尼尔的分析摇了摇尾巴。

在这样的情况下我不得不说，丹尼尔和我之间的对话是一场真正的男人与男人的对话。其实算不上是对话，但是丹尼尔真的非常喜欢跟我说话。这也不奇怪，因为绝大多数时候只有我们两个在一起。不过我也因此有机会大致了解了人类的许多事，特别是有关卡洛琳的，当然也有许多关于丹尼尔的事。他很早以前就认识卡洛琳，在她认识托马斯之前。他们曾经是同学，一起学习制造这些被称为小提琴、大提琴的木头玩意儿。那个地方非常遥远，名字非常有意境：米腾瓦尔德——意思就是在森林的中心，那里一定名副其实，是个非常美的城市。

在丹尼尔和卡洛琳的那个弦乐器制造学习班里女生特别多，但是没有一个像卡洛琳这样出众。丹尼尔很快就发现了这一点，两人就这样成了朋友。他们曾经甚至住在一起，经历了两人生命中的许多个第一次：第一次大扫除，第一次亲手做周日烤肉，第一次不和父母一起过圣诞节。他们给予了对方最真挚的爱。最大的好处就是，他们互相得到了安慰。

每当丹尼尔跟我说话的时候，我都觉得自己是个人。至少我慢慢了解了这些两条腿行走的动物是怎样思考的。当然了，贝克先生也给我进行了一些启蒙，然而听这些研究对象亲口讲述来得更可信。贝克给我讲的故事，我不确定他是否会为了使故事听起来更加精彩而对其中某部分添油加醋。

丹尼尔又拍了拍我，然后重新把我放到地板上："好了，现在我必须打起精神，否则咱们就要堕落了，到时候肯定一片混乱。马上就会有一位特殊的女客户到这里来。对于像你这样的腊肠狗来说可能没什么感觉——但是作为一个男人我可以向你保证：她的相貌绝对可以算得上出众！而且她还是一位出色的音乐家。还有她的气质——家庭环境肯定很好。有时候觉得在她面前有点拘束，不过我还是很愿意见到她。"

他哼唱起一段旋律，然后开始收拾他的工作台。

真是太无聊了，这个出色的女音乐家可能也拉小提琴，这对我一点吸引力也没有。我慢慢地踱向落地窗，也许我能在花园里看到贝克先生。我现在特别想和其他宠物一起聊聊天。

但是我没有发现贝克的足迹，没在房子后面，也没有在前院。但是我发现了另一件有趣的事：就在前院的矮围墙上坐着一个年轻的女人，她坐在那里不知道往脸上弄什么东西。我小跑着走近她身边，好看清楚。她完全没有注意到我，正忙着……忙着什么？从她的动作看，她正在给自己的脸涂色。她手里拿着一小块海绵，上面沾着非常鲜艳的颜料，正把颜料往鼻子上抹。过了一会儿她又拿出一支笔，把红色的酱涂在嘴上。嗯，真少见。

那个女人把那些工具重新收回她的背包里，站起身。接着突然弯下腰，甩了甩头发。那动作看起来就像是一只狗刚从水里爬出来：这进一步证明，这些两条腿行走的动物总是做一些不可理喻的事情。没有任何意义，难以理解。接着她又把干透了的头发甩回肩膀上，她的头发真长，乌黑、卷曲。这让我回忆起曾经到艾舍巴赫堡来做客的牧羊犬。我不由自主地在心里嘀咕：这么多毛，他怎么能看到那些需要他照看的羊群呢？

我看到那个女人的背包旁边还放着一个箱子，严格意义上来说那是一个小提琴箱。这应该就是刚才丹尼尔说的那个音乐家吧。我不知道从人类的审美角度讲她是否算是个美女。她把脸涂抹得太厉害了，所以根本无法辨认她的原貌。这个世界上最美丽的女人毫无疑问应该是卡洛琳，其他人对我一点吸引力都没有。

化妆女向门口走去，我穿过花园从落地窗跑进屋里，工作室的门打开的时候，我已经站在丹尼尔身边了。

“丹尼尔，亲爱的！”

她环抱住他的脖子，亲吻他。我极力辨认，他们是否也舌吻了。这是我新近学到的。不过可惜我看不清楚，因为她头上鼓起的卷发把整个脸都遮住了。从我的角度考虑，我希望这就是一个简单的欢迎，因为目前我不能接受其他关系，即便我对目前事态的发展负有不可推卸的责任。到目前为止这个工作室还是个让卡洛琳在情感受挫时能够退避的地方，我希望事情能够一直这样持续下去。

“哦，奥罗拉，你还是这么漂亮！进来吧，我正在等你呢。可惜卡洛琳病了，这周不能来工作室。”

“真可怜！她怎么了？”

我听错了，还是这句话的确说得言不由衷？我敢用一大块肉肠来打赌，这个奥罗拉没看到卡洛琳，所以很高兴。

“啊，她感冒很严重，头疼，我让她回家好好休息了。”

“对，这是个很好的建议。”奥罗拉举起手，用食指做了一个肯定的手势，“别让她把你传染了。对了，我现在急需你的帮助，亲爱的。”这时候她才突然注意到我，“你什么时候开始养狗了？”

“这是卡洛琳上个月从动物收养所领养的，很可爱的小家伙，是不是？她生病期间，我要临时做这只狗的监护人。”

“你心地真善良。我不怎么喜欢狗，我喜欢猫。不过这只狗还真可爱。”

哦，她喜欢猫？我真想把这个女人的脖子拧断，给她找一个喜欢猫的理由。

“那给我看看那个装饰图案吧，我已经迫不及待了。”丹尼尔帮奥罗拉脱下大衣，带着她走进工作间。

“你肯定也会对它一见钟情的，丹尼尔。它可真漂亮。”

她把小提琴箱递给他，他把箱子放在工作台上，小心地打开，取出小提琴，转来转去地看。然后他赞赏地吹了一下口哨。

“漂亮！克雷莫纳，不会认错的！”

“代理商给我打电话的时候我实在太兴奋了，我一直就想找这样一件乐器。上周做完鉴定，昨天我收到了伦敦来的快递。你觉得你能修复它吗？”

“嗯，表面有一道划痕，弧形结构有些变形——但是总体来看还是非常理想。我只能说：很有希望。”

奥罗拉欢呼起来，又环抱住丹尼尔的脖子。

“我早就知道，你是最棒的！谢谢，谢谢，谢谢！”

我很满意地发现，丹尼尔轻轻地把她推开。

“小意思，这就是我的工作嘛。”

“你什么时候可以开始？”

丹尼尔看看对面墙上挂着的日程表。

“嗯，我看看。这周没时间了，因为现在只有我一个人。但是下周我可以给你预约，下周我无论如何都会开始。需要多长时间我还说不好。得看看我打开它之后有什么新的发现。”

奥罗拉点点头，把手放在丹尼尔的手臂上说：“有进展的话就给我打电话。你下周要不要来音乐厅听我的音乐会？”

“我不知道有没有时间，我手里有很多工作……”他抱歉地举起了手。

“那我只好希望卡洛琳快点康复啦，你不能来听我一定会觉得遗憾的。演唱会之后我们可以一起去吃点东西，庆祝一下，为新的小提琴喝一杯。怎么样？”

“哇，奥罗拉，听起来太棒了，我安排一下时间，不过我现在必须要开始工作了。”他用友好而明确的手势把奥罗拉引向门口，帮她穿上大衣。

“那我们下周见，亲爱的！全指望你了，费心了！”

丹尼尔笑着说：“没问题。我会多加努力的。”

他帮她打开门，走出去之前，她又轻轻亲了亲他的面颊，没用舌头舔。

卡洛琳给我们打开门，她看起来跟往常不同，身上也有一股不一样的味道，那种味道我曾经一次或者好多次从老艾舍巴赫身上闻到过。

“晚上好，两位，请进。”

“你还好吗？”丹尼尔问。

“好，好，好着呢。”

真不敢相信：卡洛琳的声音也变得陌生了，缓慢吃力，还含糊不清。我觉得她好像特别不舒服。

丹尼尔跟着我走进屋子，我跑向我的睡篮，他在客厅的沙发上坐下来。

“奥罗拉·何维希今天来过了。”他说道。

“哦——那位美貌的小提琴家！她怎么样了？”

“她很好——她在伦敦用很低的价格买了一把古老的意大利名品小提琴，我觉得是克雷莫纳，我还没有看完鉴定书，不过奥罗拉高兴极了。”

卡洛琳笑起来：“那太好了，奥罗拉这么高兴，这实在太好了。”

“卡洛琳，你真的还好吗？你好像受了什么打击，我没法当作没看见。我很担心你，在工作室里工作也一直惦记着。”

卡洛琳坐到丹尼尔身边，把一只手放到他肩膀上说：“别担心，真的。一切都会好起来的。下周一切都能恢复原样，我只是需要休息一阵。”

丹尼尔有点犹豫，然后站了起来：“那好吧，我开车回家了。但是答应我，如果你状况不好，就马上给我打电话。”

“好好好，我打我打，赶紧走吧。我累了，要睡觉。”

“好，晚安！”

丹尼尔向卡洛琳倾了倾身体，但是她躲开了。

“好好好，晚安。”

丹尼尔走了，我和卡洛琳一起回到屋里。我说不清为什么，但是那种不舒服的感觉逐渐变成了恐惧感，肯定有什么不对劲。我真想追上丹尼尔把他拽回来，但是我怎么告诉他我的感觉呢？见鬼，我有一种直觉，这时候不应该让卡洛琳独处，当然“独处”指的是“没有其他人类的陪伴”。我并不是贬低我们这些动物，但是除了一只小狗之外，她的确还需要更多安慰，这点确凿无疑。

卡洛琳在沙发上坐了一会儿，然后站起来，走到音响旁边，重新放起音乐。真是快疯了：这个曲子她已经听了快一个礼拜了，我的耳朵都快长茧子了。我跑到她身边，拽拽她的牛仔裤。嘿，她只是用呆滞的眼神看看我，就走到厨房去了。我跟着她跑进去。尽管丹尼尔已经给过我东西吃，但是我也不会拒绝再吃一点肉肠当零食的。真希望卡洛琳能多想想我，她对我的态度越来越让我觉得失落。

她打开了冰箱门——但是只从里面拿出了一个瓶子。她拿了个杯子，把瓶子里的液体倒进去。啊哈，就是这股味道！显然她已经喝了很多。她又向客厅走去，还差点踩到我的爪子。“嗷！”我大声叫了起来。但是这根本没能引起她的注意！我决定还是回到睡篮里歇着吧。

过了一会儿我听到了咕咚一声。我好奇地跳了起来，向那个声音跑去。在客厅里，我看到卡洛琳正在吃力地从地上爬起来。咦，难道她被什么给绊倒了吗？我慢慢踱到她身边，舔舔她的手，我不想惹她嫌。

“嘿，谢谢你的关心，海格力斯。没事没事，我就是想从上面的那个板子上拿点东西，但是椅子倒了。”

我抬头看看上面。她说的那个板子上面还有好多瓶子。卡洛琳站起来，重新把椅子摆好，又爬上去。这一次成功了，她把其中一个瓶子拿了下来。瓶子里的液体是那种泛着金光的棕色，非常漂亮，但是卡洛琳一打开瓶盖就有一股刺鼻的气味从里面冲出来。嗯，这肯定是只能外用的——卡洛琳绝不可能喝掉它。

她还真要喝。她把液体倒在玻璃杯里，然后豪爽地喝了一大口。

“来，要不要尝尝，海格力斯？”

她把杯子往我面前送过来，我夹起了尾巴狂叫起来。见鬼去吧！

“不喝呀。干杯！”她再次把杯子举到我面前，这时有一些液体洒在了地毯上。卡洛琳笑起来。

“这个该死的长毛厚呢垫上终于有了一块漂亮的图案了。奶油上的白兰地，就是它。我不需要它，但是托马斯站在这里——见鬼。你认为呢，海格力斯，我是不是应该把它剪成合适的大小放到你的睡篮里？软绵绵的。”她咧嘴笑着，又倒了一杯。

她肯定是开玩笑的，这肯定又是人类的讽刺。即便是地毯上现在有一块亮棕色的污渍，也不可能有人把它立刻做成垫子放在我的小睡篮里。虽然我不介意吧，但是我实在不相信她真的会那样做。没想到她真的走到柜子边，拿出一把剪刀，跪在了地毯上。

“看，看吧，看看它能变成什么有用的东西。”她把地毯的一边高高举起，拿起剪刀剪了下去，“呼，真够沉的。但是我不会就这么轻易放弃的，我不会！”

她一边叹息和诉苦，一边用剪刀继续剪——我惊讶地看着她的这些粗鲁的举动。最后那个地毯完全脱离了最初的形状，看上去就像是被一只巨大而愤怒的动物撕扯过一样。卡洛琳停了下来，又给自己灌了一杯，那个杯子刚才还满满的，现在几乎已经空了。卡洛琳看着我。

“小可爱，你会陪着我的，是不是？”她低声说。

我是不是听错了，卡洛琳的声音这么低，我根本没明白她在说什么。我把头靠在她的膝盖上。我当然会陪着你了，卡洛琳！即使我敏感的小鼻子不得不忍受你呼出的难闻气味。我希望这一切都快点过去吧。

卡洛琳很机械地抚摸着我的脖子，小声嘟囔着说：“是不是该给你弄东西吃了？”她想站起来，却突然跌倒了。天哪，她想干什么？她吃力地想要从地上爬起来，但是怎么都做不到。

“我难受死了。”她嘟囔着说，并且开始干呕。她整个身体弯曲起来，好像非常疼痛。

我突然觉得特别害怕，我该怎么办？这是怎么了？

卡洛琳呕得越来越厉害，我看到她在那块浅色的地毯上——已经面目全非的地毯上——吐了。我这时候全明白了：卡洛琳中毒了！很有可能是因为喝了瓶子里的东西！上一次我看到呕吐的场面还是因为妈妈的姐姐露易丝，那个该死的邻居不知道在她的食物里掺了什么东西。我们必须马上去看医生，否则后果不堪设想！

我激动地跑来跑去，最后跑到卡洛琳的头边，她的头抽搐地歪在呕吐物旁边。我大声叫着，好让她苏醒过来——但是她一动不动，我该怎么办？卡洛琳需要帮助，刻不容缓。

如果我继续制造噪声的话，也许会有个邻居来吧？放音乐的时候都招来了他们的抱怨。我边叫边呜噜，跳上跳下。三分钟、五分钟、十分钟，什么也没发生。我感觉非常疲惫，停下来休息片刻。该死，难道今天邻居刚好都不在家吗？贝克也不在？

卡洛琳依然不省人事，脸色苍白。我跑到她旁边，全神贯注地听，谢天谢地，她还有呼吸。我在床头边趴下来，把嘴放在前爪上，仔细倾听她的呼吸声。有时候我感觉她的呼吸声有一阵短暂的停顿，随即就听到她的一阵呻吟。这是多么恐怖的状况啊，这跟我最初的计划大相径庭。这全都是我的错——要是我没有揭发托马斯，他肯定还在这儿，那么卡洛琳就不会服毒。

我站起来，奋力助跑，猛地一跃。这次我正好跳到阳台的门前，同时大声叫起来。门向屋内倾斜地悬开着，也许外面有人能听到我的叫声呢。我正忙着跳来跳去和大声呼叫，差一点没听到电话铃声。是不是哪个邻居打来了电话？不是吧，我到现在都还没搞清楚，人类是怎样使用电话的。然而这可能是唯一能向其他人求援的机会，我得试试看。马上，得赶在它停止之前。对于电话我知道得太少了。

电话机放在客厅的一个小桌子上，卡洛琳打电话的时候经常把它拿在手里。我冲了过去，把鼻头高高扬起。但是这太难了，电话机实在太大了。我第一次没有成功，于是我又试了第二次，这次它掉了下来，落在我身边。哦，今天怎么什么事情都这么不顺利呢，希望我没有把它弄坏。我小心地闻了闻那个掉在地上的黑色东西。还能不能打电话了？如果可以的话，应该怎么用？我仔细打量着它，听到里面传来声音，像是很远的地方有个什么东西在响。我激动地号叫起来！如果我能够听到声音的话，也许发出那个声音的家伙也能听到我的叫声。尽管我不知道那个声音的主人是不是能知道我是谁，那都不重要了，我用各种声音叫着：吼叫、呜噜、嘶鸣、号叫、呼呼喘气——反正一直对着这电话的方向。我不停地对着那个声音叫，它好像一直在说着什么，可惜我听不懂，只感觉好像听到了我的名字。电话机是不是真的知道我叫什么名字？

过了一会儿，那个声音消失了，只发出号角似的长音。我垂头丧气地对着那个东西呜噜起来，也许刚才的叫声什么用也没有。我缓慢地走回卡洛琳身边，躺在她旁边。如果她觉得很不舒服，更不应该独自躺在那儿了。

屋子里一片寂静，很长时间以来我都没有像现在这么想要回到艾舍巴赫堡。

九

我睡着了吗？我也不知道。

突然间我惊醒了，然后终于、终于有动静了。首先是门铃响了一阵，过了一会儿听到钥匙开锁的声音，门开了。

“卡洛琳，你在吗？”

那一刻我真的想用吃过的所有肉肠来回报他——真的是丹尼尔！我立刻跑向他，在他身边跳跃起来，特别想舔舔他。

“哦，知道了，知道了，海格力斯！真是热烈欢迎啊。你的女主人呢？我们有点担心她。”

我们？我这才注意到，倪娜也站在走廊里。

“丹尼尔，我有种不好的预感。我觉得海格力斯去接电话，而且听不到卡洛琳的声音……这儿怎么有一股——恶心的味道！”

“是啊，咱们进去看看。”

他走进屋子，我径直跑向客厅。快，跟上我！我在卡洛琳身边停下来，大声叫着。

“哦，天哪，卡洛琳！”

丹尼尔这时已经跟着我进来，在卡洛琳身边蹲了下来。倪娜也走进了客厅。她一看到卡洛琳躺在地上，双手立刻捂住了嘴：“哦，不，这是怎么了？”

丹尼尔拿起卡洛琳的手：“还好，她还有脉搏。卡洛琳！”他晃了晃她的肩膀，“卡洛琳！醒醒！”

她一动不动。他让她侧躺，离那堆呕吐物远了一些，还从裤兜里掏出一块手帕，把她的脸擦干净。

“我觉得这样不行，我得打电话叫救护车。”

他站起来走向电话机，电话机还在被我碰掉的那个地方。他不知道和谁说了几句话，又走回来。倪娜坐在我们身边的地板上。

“这是怎么回事？卡洛琳昏迷了，地毯也被剪得七零八碎。她在这儿躺了多久？”

“我两小时前从这里开车回家，之前把海格力斯送回来给她，当时她就有些喝醉的迹象——但是还好，怎么会变成这样？还是感情问题？她已经四天没有去工作室了，因为情绪实在太低落了。但是她答应过我，下周就会去工作了啊。该死，我想得太简单了。”

“你知道我有多自责吗？我知道她是因为托马斯才这么痛苦的，但是她就是不愿意多说，我当时还想她可能需要安静。我给她打电话却听到海格力斯的叫声……”她没有再说下去，握住了卡洛琳的手。

“还好你马上就给我打了电话。”

“还好你有钥匙！海格力斯是没法打开门的。不过，”她伸手摸摸我，把我拽到她的膝盖边，“你还真是一只机灵的腊肠狗。你知道卡洛琳需要帮助，是不是？”

“对啊，海格力斯，”丹尼尔也跟着说，“如果你没有到电话旁边，没有这样折腾的话，我们肯定也不会过来。”

“你是怎么把话机从充电器上弄下来的？我完全想不出来你这么个短腿的小家伙是怎么做到的，真可惜你不会说话。”

她最后这句话倒是说对了，如果我能说话的话，立刻就要告诉她，作为一只腊肠狗，我的腿一点都不短，这是最标准的长度。

门铃又响了，丹尼尔把门打开，让三个男人进入房间。那三个人全副武装：他们穿的夹克让我想起了垃圾车——可是我很确定，这个事件跟垃圾工人没什么关系。其中一个立刻走到卡洛琳身边，就在他刚要蹲下去的时候，又转向丹尼尔。

“她叫什么名字？”

“卡洛琳·诺依曼。”

“你的妻子？”

“不是，一个朋友。”

接着那个男人重复了刚才丹尼尔做的动作——他晃了晃她。

“诺依曼女士，您能听到我的声音吗？”

当然听不到！我们刚才都试过了。他拿起她的手，在手腕上摸了摸，就像丹尼尔刚才做的那样。嘿，我们干吗要把他们给叫来？他们就没有别的什么好办法吗？我试着接近他。他可能感觉到了我的注视，终于有了别的举动：他用手指撑开她的眼睛，看了看，从夹克口袋里掏出一个短棒。

“嗯，还有脉搏，但是非常微弱。瞳孔有点放大。”

他再一次撑开她一只眼睛，用那根短棒对着眼睛的方向。啊，原来是手电筒呀！奇怪，他在做什么？

“哦，反应迟缓，刚才还呕吐了。您知道您的朋友喝了什么吗？”

丹尼尔摇摇头。哈，我知道！我飞奔过去，在那块不成形的地毯下面找到了空瓶子。我很专业地叼起它，拿着手电筒的那个男人赞赏地吹了一声口哨。

“那么，这只狗居然能听懂我们的话！太神了！我看看：轩尼诗V.S.O.P.——这位女士还挺有品位的。当然了，即使有品位也不建议一次喝掉一瓶。恕我直言，她有酗酒的习惯吗？”

这时倪娜说话了。

“当然没有！您怎么能这样想！诺依曼小姐平常晚上最多喝一杯葡萄酒。这不过是因为她情绪低落，她刚刚跟男朋友分手，那个浑蛋！”

“倪娜，别这么说。”丹尼尔打断了她，“先别说这些无关紧要的。”

穿垃圾工夹克的男人笑着摇了摇头：“没事，没关系。这有助于我们判断她的病情——你们觉得她除了喝酒之外有没有可能吃了别的东西？比如说嗑药？”

丹尼尔和倪娜耸了耸肩。

“我觉得应该没有。”丹尼尔说，“但是我还是在屋子里找找看，也许能发现什么东西。”

过了一小会儿他走回来摇了摇头说：“什么也没发现。但是我还是觉得这不可能。”

那个男人点点头说：“好吧，我和同事现在要把诺依曼女士带走。她的症状表明这是非常严重的酒精中毒。”

酒精中毒？那是不是很危险？

“我一会儿要在急救车上给她输液，好尽快将酒精稀释掉，我们等会儿在医院里见。这以后的三天可能她都要留在医院里观察。来吧，小伙子们。”他转向旁边的两个男人说，“咱们走吧。”

这两个男人从走廊里拿来一副担架，把它放在卡洛琳的旁边，两个人把卡洛琳抬起来放到上面，然后抬着她出发了。最后一个人离开的时候向我们告别，然后就消失了。在激动过后，我突然感到有另外一种感觉渐渐蔓延到我的全身：悲伤，还有孤单。我这样的小家伙需要女主人！我现在是不是必须回到动物收养所去了？

“我们现在该做些什么？”倪娜看着丹尼尔问。

“我觉得，咱们其中一个要开车去医院。卡洛琳醒过来的时候，身边好有人照顾。”

倪娜点点头：“好主意，这种情况下不能放她一个人在那儿。你去怎么样？我把这里收拾一下，随后就来。”

“好的。海格力斯怎么办？”

他俩看看我。我不要去收养所，不要去收养所，不要去收养所！我真想放声大叫，然而发出的只是可怜的哀叫声。

“看看，多可怜啊！他肯定害怕极了。我们不能把他单独留在这里。不管怎么说都是他救了卡洛琳的命，应该给他点奖励。”

倪娜终于有点正常的想法了。

“这样吧，我过会儿把他带走。他今晚跟我住没问题，明天我把他带到工作室去。”

“好。那我今晚就陪着卡洛琳了——如果有必要的话。明天海格力斯就交给我。明天见！”

他一走，倪娜就拿出了水桶和地板刷，把客厅里的污垢都清理干净。清理完毕，她有点不知所措地站在那堆白色的地毯残片旁边。

“你能不能告诉我，到底发生什么事情了？”她问我，同时举起一块残破的地毯，翻过来转过去地看了看，然后幸灾乐祸地笑了起来，“我知道了——这地毯肯定是托马斯买的，卡洛琳现在很讨厌它。她把地毯当作托马斯剪成了一小块一小块的。”她重新把地毯扔在地上，“这样看来，我觉得她很快就会痊愈了。”

我不明白这跟生病的卡洛琳有什么关系。但是，我感到很踏实，因为倪娜认为这是一个好兆头。

在我们出发之前，倪娜又检查了一遍房间，看看是不是一切如常。这时她发现了个东西，一下子就让我回想起了很久以前的一件事：她从卧室里拿出了一个塑料的脖圈，卡洛琳一直把它放在窗台上。

“看看，我拿到什么了，海格力斯！”

没错，我看到了。非常棒。你想用它做什么？你又不养狗，这个东西跟人类的脖子也不相称。

“我们得赶快把这个还给瓦格纳医生，他肯定惦记着这个东西呢。”

我不这么想，如果倪娜是个思路清晰、一丝不苟的人的话那还值得信。主要问题是，我真不想跟她一起再去遭罪。

我们没有去医院。丹尼尔打来电话报平安，他还要继续留在那里。我心里一块大石头落地了，一想到卡洛琳一病不起，我就觉得毛骨悚然。她喝的到底是什么东西？我决定，今后一定要更加认真地观察她，以免再发生什么不测。

倪娜的屋子比卡洛琳的小很多，而且味道也完全不同，有一点灰尘，尽管如此也挺不错的。地板上堆了许多书，我是不是得趴在这些书上睡觉了？几乎每一面墙前面都立着一个书架，而且每一个都从上到下摆满了书籍，大的、小的、厚的、薄的。真不敢相信她全都读过，主要因为我大字不识一个，我到现在还不懂它们有什么用。可以肯定的是，人类总是长时间一动不动地盯着一张图案不变的纸。我想他们的脑袋肯定是有什么问题。看着看着他们还会突然大笑——没有人说话也没发生什么事，有时候甚至会哭泣。我以前经常观察艾米利亚，她也经常看书。那些纸究竟对人类的脑袋做了什么事情？难道说那些纸会使人类产生幻觉？或者会让他们做梦？下次我见到贝克的时候，一定要问问。

另外一个重要的问题是，我睡在哪里？因为我感到非常疲惫。倪娜肯定不会让我睡到她的床上。以我对这个女人的了解，我那漂亮的腊肠狗的眼神根本无法感动她。还是说我应该试一试？她刚才不也说了吗：应该给他点奖励。

我做好准备碰了碰倪娜的小腿。

“来，宝贝，你也累了，是不是？我正在想，让你睡在哪里好呢？我这里没有你的睡篮。”

机不可失，我就势歪着脑袋，特别可爱地望着她，我可是使出了看家本领。倪娜惊讶地看着我。

“你想跟我说话吗？你用这么……这么奇怪的眼神看着我。”

奇怪？有没有搞错？我这是超级可爱的眼神，就为了勾引你，让你喜欢我！你再好好看看！我把脑袋歪得更厉害了，而且还嘶鸣了一下。

“嗯，你是不是生病了？还是——你想要点什么东西？”

我短叫了一声跑开了。我一定要找到卧室，那个房间应该要宽敞些。走过一扇门我就找到了。我慢慢踱进去，一屁股坐在地上。倪娜跟着走了进来。

“好吧，虽然这听起来有点幼稚，而且像是查尔斯王子与植物对话里的情节——但是你是不是想跟我说，你想在我的床上睡觉？”

我向她投去了天真无邪的目光，而且我还表演起了平常很少表演的杂技：我像人类那样用两条后腿站立起来了，我不仅站了起来，而且我至少像雕塑似的站立了一分钟。如果这都不行的话，我就不知道该怎么办了。

倪娜看看我，突然哈哈大笑起来："真好玩！海格力斯，你这是在哪儿学的？"

我失望地重新落座。这个女人显然对艺术一窍不通，而且她也不知道这个直立动作对于一只狗来说有多困难。我说的是模仿人类，是没什么大不了的，谁都会，但是我的动作相当标准。真是没见过世面的乡巴佬！我一点也不想跟她在一张床上睡觉了。我更愿意睡到门厅的脚垫上或者……

"来吧，你这个小流氓！跳上来！"倪娜用一个爽快的手势在床尾的垫子上拍了拍。

叫我小流氓？简直是胡扯。但是，你人品实在是太好了，倪娜。

"早上好，二位。我真不知道你们俩谁看上去更糟糕——是你，还是丹尼尔。"

第二天倪娜和我没有去工作室，而是直接开车来到了医院。丹尼尔整夜都在卡洛琳的病床边看护。可能正因如此，他的脸颊看起来干瘪、暗淡。这是人类的脸上不长毛的又一个缺点：没办法掩盖他们因为身体不适而造成的面容憔悴。

卡洛琳鼻子周围的肤色极其苍白，不过好在她不再昏迷不醒了。她坐在床上，迟缓地做出一个微笑的表情。

"嗨，倪娜，真高兴你来了。非常感谢你连海格力斯都带来了。"

"本来医院是禁止宠物入内的，但是我跟护士长解释过了，在某种程度上讲，海格力斯也算是你的救命恩人，于是她就睁一只眼闭一只眼了。"

卡洛琳点点头说："丹尼尔已经讲给我听了。来，海格力斯，让我好好摸摸你。”

超级愿意！倪娜把我放在卡洛琳床边的凳子上，我们亲热了好一会儿。

“我已经难堪到无地自容了！怎么会发生那样的事情？我真的什么也想不起来——不过，也许这样更好。”

丹尼尔握着卡洛琳的手说：“没事，在我们面前你不用觉得不好意思，我们是你的朋友。另外，我们也很想让你告诉我们，为什么你一次干了一瓶白兰地，还在地毯上剪出那些稀奇古怪的洞。”

卡洛琳苍白的脸上有了一点红润：“别说了，我听不见，听不见，太难为情了！”

丹尼尔笑了起来：“好吧，亲爱的朋友们，我现在要走了。我的工作台上已经堆了很多工作，奥罗拉昨天还交给我一个重要的修复工作，我已经忙得晕头转向了。不过首先我得先打自己几个耳光，免得给奥罗拉修复乐器的时候，因为听错而在上面多打了几个洞。”

丹尼尔离开以后，倪娜和卡洛琳坐在那里沉默了好一阵。我把头搭在卡洛琳的腿上，好让她一直挠我的耳朵。

“卡洛琳，我现在真的非常担心你。”倪娜终于开口说话了。

“是呀，我的确不太适应。其实我并不是故意这样做的，但是我的确不太能喝酒，这次喝得多了点。”

“拜托，你就喝得多了点儿？我觉得你血液里的酒精含量至少有0.32%了——再多喝一瓶白兰地的话你就彻底挂了，这不是你的风格。”

卡洛琳挠我耳朵的手停了下来：“你想说什么？”

“你自己知道，丹尼尔已经告诉我了，你这周都没有去工作室。因为你不舒服，他还要照顾海格力斯。”

卡洛琳沉默了。

“我明白，我管得太多了。见鬼，卡洛琳，我知道你不愿意听这些，但是托马斯根本不值得你为他流一滴眼泪。那个蠢货已经折磨了你好多年了，知道你把他赶出去以后，我高兴极了。你肯定觉得不好受，但是这很正常，你马上就能从阴影里走出来。不要以为你的生活从此将一片昏暗，绝对不是那样。”

卡洛琳抽泣起来，倪娜递给她一块手帕。

“自从托马斯走了以后，我觉得特别孤单，我害怕以后都不会得到幸福了。我一直都想要有个家庭，有孩子。但是我一想到这些，就觉得这些离我越来越远。我现在只有海格力斯。”

“只有”是什么意思？她宁愿要一只诚实的狗，也不要一个谎话连篇的浑蛋！我敢发誓，我绝对不会让卡洛琳这样失望。我马上拱了拱她的手，倪娜冲我点点头。

“你都听明白了，海格力斯，是不是？你真可爱。我现在能理解卡洛琳了，狗和人不一样。”

那当然！我真想喊出来，至少我很靠得住。

“你知道，托马斯的确不算是完美，但是谁完美呢？我也不完美。这几天我一直在想，我是不是应该原谅他，也许我做得太绝情了。”

倪娜鄙视地说道：“我拜托你！这话听起来好像在说我宁愿要个蠢货也不要男人。我就不明白，像你这么好的一个女人怎么总是如此自降身价呢？你总有一天会遇到真命天子的，我向你打保票。到时候你再回想今天，肯定会觉得今天是你的幸运日。今天，就是你脱胎换骨的第一天！”

卡洛琳有点怀疑地看着她说：“是吗，你真的是这么想的？我觉得生活一片渺茫，不知道什么时候才能碰到你说的那个真命天子。”

倪娜笑道：“如果命中注定的话，你在房子后面的公园里就能碰到你的王子，肯定不会太久的。”

那当然，一语中的！我脑袋里突然冒出一个不错的主意，得找来一个王子！这里的贵族专家除了我还有谁呢？决定了！卡洛琳曾经救我于危难，现在轮到我来拯救她了。我就是在公园里掘地三尺也要把他找到。

十

真希望我们能快点开车回家，我必须把这个惊天动地的计划讲给他听。尽管我已经大致勾勒出了行动步骤，但是有一些关键细节还需要一个人类专家的指导，这个家伙就是贝克先生。

倪娜终于把车停了下来，她走到车边，给我打开门。在跳下来的时候我突然发现，我们并没有回家。更糟糕的是，倪娜从后座上拿出了我的塑料脖圈。哦，不，我有种不祥的预感，我们又到宠物诊所来了！

车门还没有关上，于是我迅速跳回到副驾驶座位上，倪娜可以独自把这个讨厌的塑料脖圈还给他，她根本不需要带我去。

“海格力斯，你怎么啦？快出来，我们要去找瓦格纳医生。”

我一边呜噜，一边龇牙。这事根本算不上我们，再说，我没什么不舒服的，我的耳朵早就不疼了，其他部位也没什么不舒服，这跟我有什么关系？

“快来吧，小可爱，跳下来！”倪娜请求道。

我果断地摇摇头。倪娜叹了口气，在她的提包里翻找着什么东西。最后把我的牵引绳拿了出来，难道她想要用暴力把我拽进去？

她就是这么想的，因为她把绳子的一端扣在了我的项圈上，轻轻地拉动绳子，想把我拽到人行道上，她显然是认真的。我权衡了一下，是否应该跟她争斗一番，最终在这场争斗中吃亏的又会是谁呢？在这个情况下争斗显然对我没什么好处，真想大叫！

走进诊所，倪娜带着我快步走到柜台前，把脖圈交给女助理。

“我想跟医生说几句话，他应该再给海格力斯诊断一下。”

“其实没这个必要。”女助理笑着回答说。

没错，聪明的小姑娘！

“但是，我觉得，瓦格纳医生应该再给海格力斯做个检查。他是个敏感的小家伙，我非常担心他，确认一下比较好。”

我是不是听错了，倪娜会担心我？谁愿意相信就相信吧，反正我不信，这背后肯定隐藏着什么阴谋。女助理耸耸肩。

“好的，如果您坚持的话，那您得等一会儿，前面还有几位患者在排队。”

这时，瓦格纳医生从诊室的门里探头出来。

“哦，你好，博格内小姐！”他向倪娜打招呼道，“嗯……又有什么不舒服吗？”

“海格力斯。”倪娜提醒他说。

太棒了，他还记得她的名字，我还以为他都忘记了呢，也许瓦格纳应该从兽医转行做妇科医生。

“对，海格力斯，一只混种腊肠狗。”

呜噜！

“我也说不好是什么毛病。因为诺依曼小姐生病了，所以这阵子我一直照顾这个小家伙。我不想有什么闪失，所以我想让您给他检查一下，他的身体是不是还健康。”

瓦格纳露出了很诡异的笑。是啊，这听起来多奇怪啊，哈，哈！

“那请您进来吧。”

一眨眼的工夫我就被放在了诊疗台上，瓦格纳医生把我的耳朵托在手里。他驾轻就熟地拨开我耳朵上的毛，摸了摸原来长蜱虫的那个位置。

“放心吧，看上去没什么问题了，海格力斯已经完全康复了。”

“嗯，您确定吗？那比如说莱姆病之类的呢？我最近听说，狗也会得这类疾病。”

莱……什么？我耳朵都竖起来了。

“那就需要给他做一个详细的检查了，是不是？我真的不想海格力斯出事！否则的话，我是绝对不会原谅自己的。我最好下周再带他来做一次检查吧。要不您给他抽血检查一下吧？”

什么？！我一下从桌子上跳下来，怒气冲冲地盯着这两个人，短叫了两声，但是音量很大。

瓦格纳笑道：“您看到了，博格内小姐，海格力斯完全不赞同您的建议。说实话，我也不赞成。莱姆病的病例在汉堡很少见，并且海格力斯看起来非常健康，我们没必要折磨他。”

“有道理。”

倪娜看上去非常失望，简直就是个不折不扣的虐待狂。

“但是我想给您提另外一个建议：与其让您下次再把这只可怜的小腊肠狗带过来，不如我开门见山地问您吧，如果您还想跟我见面的话，我改天是否可以邀请您一起出去喝一杯？”

倪娜吸了一口气，看起来彻底手足无措了。这是怎么了？我觉得这个建议超赞啊。

“这是真的吗？我……我……”倪娜突然爆发出一阵大笑，怎么也停不下来，“好的，我很乐意。那干脆今天晚上？八点钟，在卡瓦罗酒吧？”

瓦格纳点点头：“好的，博格内小姐，我非常荣幸。”

倪娜开车回家的途中大声地吹着口哨，心情大好，一路上她都喜形于色。过了一会儿她转向我：

“你真是我的幸运星，真是太意外了，我真的约他今晚在卡瓦罗酒吧约会了。海格力斯，很显然，是你给我带来了好运。”

很高兴听她这样说，但是我还不是很清楚，整个事情怎么有了这样戏剧性的变化。瓦格纳确实说了，如果她还想要跟他见面的话，就告诉他。为什么倪娜会对此感到吃惊？从一只狗的角度来说，我敢打赌，男人和女人之间的交流非常复杂，并不是简单的字面意思，肯定还有什么我不了解的暗语。

车子在我们住的房子旁边停了下来，终于又回家了，太好了！尽管我并没有离开多久，但是我已经迫不及待地要跟贝克先生谈谈，怎样才能将我的绝妙计划付诸行动。倪娜和我穿过花园来到工作室的后门。她敲了敲玻璃，两秒钟后丹尼尔打开了门。

“怎么样，睡觉了吗？”倪娜问道。

“嗯，睡了一小会儿。我今天要早点上床睡觉，明天就没事了。”

“那你今天能照顾海格力斯吗？我今天晚上有个约会，而且是个绝对不能带宠物的约会。”

“哦？约会？”

“跟一个男人的约会。”

“能不能透露点细节？”

“晚点再告诉你。”

“那我只好祝你出猎马到成功喽！”

“马到成功！”

我突然感到一阵兴奋！出猎！我以前经常在艾舍巴赫堡听到。这个词预示着我们马上要去探险，但是那时候我太年轻，只有妈妈和她的姐妹们可以去。外公年纪太大了，跟我们一起留在家里，给我们讲那些惊心动魄的故事，那是一只腊肠狗一生最难忘的经历：狩猎。他总是讲得绘声绘色，让我有身临其境的感觉。兔子的气味、鹿的足迹，充满了刺激和愉悦的味道——太精彩了！我那时对自己的狩猎处女秀充满了期待。我仿佛能够看到那个真实的情景：跟随着我的猎手，在森林中穿越。

我的鼻子掠过一阵痒痒的感觉——倪娜要和瓦格纳医生一起去打猎！我兴奋过头了，一时竟然忘了要和贝克先生谈话的事。瓦格纳医生在我的心目中立刻散发出了不一样的光芒。一位猎人——难怪倪娜想要再次见到他！但是为什么她不带我一起去呢？我趴在倪娜的脚边哀叫起来，我要一起去！拜托！

“有一点可以肯定：海格力斯的前任主人是个猎人。你看他对‘出猎’这个词的反应——这个小家伙兴奋了！”丹尼尔蹲下来挠挠我的肚子，“但是你可能理解错了，倪娜今晚要去狩猎的地方对于小腊肠狗来说肯定无聊透顶，所以你也不用觉得遗憾，今天晚上还是跟我在一起吧。”

这难道又是我的理解问题？而且显然不仅男人和女人之间交流存在差异，女人和腊肠狗之间的交流也存在差异。我烦躁地决定，还是在房子里找个别的四条腿行走的动物交谈吧。至少他能领会我的意思，而更重要的是，我也能明白他的想法。

“别费脑子啦！我觉得倪娜肯定不是去打猎。让她打猎，她连只兔子都追不上，也就能追上那个兽医。”贝克咧着嘴坏笑道。

我深深地叹了口气，他怎么也开始跟我猜谜语了？动物被人类毒害得真是不轻啊。

“如果男人或者女人谈到了和异性去打猎，”贝克开始传授经验了，“意思并不是说他们一起开车到森林里去打野猪，一般来说，这是一种委婉的表达方式，意思是寻找伴侣，你能明白吗？男人猎取女人，而女人猎取男人，实际意义却不是字面的意思，人类只是这样表达而已。”

我难以置信地摇了摇头：“这是为什么？为什么他们不直接把想法说出来？”

贝克耸耸肩说：“不知道。反正被追的那个人总会了解到那个追求者的意思。而相反地，有时候追求者总是装作若无其事，好像并不怎么把对方当一回事。”

“哈！那不就跟打猎一样嘛，慢慢地、不动声色地悄悄走近，一举将猎物牢牢擒获。狡猾是制胜的法宝。”

“你这么说也很有道理。”

“这种狩猎方式我们只能称为跟踪追猎，而称不上围猎。”我想了想说，“这样就说得通了，难怪倪娜一有不同寻常的表现，兽医马上就发现她，准备猎捕她，原来他早就识破了。”

“对，男人表面上总是佯装若无其事，好不让女人发现，否则多没情调啊。”

贝克说到这儿，我突然想起本来要跟他说什么：“你是不是已经知道了卡洛琳现在糟糕的情况？”我问他。

“是呀，为情所伤。人类总是这样。”

“是的，但是她住院了！”

“哦，我还不知道，人类会因为情伤住院，我很抱歉。”

“你是应该道歉——还不都因为你的主意！”

“等等，这是什么意思，什么叫都是我的主意？”

“要是你没有设计揭发托马斯，他就不会离开，卡洛琳就不会像现在这么不幸福。”

贝克怒气冲冲地叫道：“听着，咱俩做了那么多还不都是为了你！你害怕托马斯把你赶出去，你都忘了？另外，在那之前卡洛琳一点都不幸福，只不过她根本没有意识到。”

那好吧，这只公猫的话也不无道理，我根本不想跟他吵架。于是我用和解的口吻对他说：

“冷静点，我跟你说这些不是想跟你吵架，而是因为我有了一个绝妙的主意。”

贝克满腹狐疑地盯着我，一言不发，他的尾巴尖快速地上下抖动了一下。为了加强语气，我伸长了身体，然后深吸一口气。

“来，我的计划就是：我们给卡洛琳找一个新的男人。虽然不见得是个王子吧，但至少得是个非常优秀的。”

滴答滴答！我激动地等着贝克的反应，可惜他什么反应也没有。

“嘿，你还在生气吗？”

“不，但是我觉得这是个脑残的主意。”

“为什么？我觉得很棒啊。”

“是的，因为你根本不了解人类，特别是女人。”

这下轮到我用饱受打击的眼神回望他了。

“海格力斯，你是怎么想的，要给卡洛琳找个男人？我敢肯定，年轻女人欣赏男人的品位和小狗肯定大相径庭。”

“但是，这正是问题所在！卡洛琳欣赏男人的品位不仅是糟，简直就是糟糕透顶！如果我们坐以待毙，等着她自己找到一个男人，那很可能是另一个托马斯。她根本不知道什么是对她好。”

“啊，那你就知道啦，还是知道怎么帮她找？”

“没错，我知道。我们要找一个让我可以毫不犹豫地跟他一起去打猎的男人。当然得门当户对，卡洛琳可不是谁都能配得上的。但是这个人必须要善待她的狗，要好好照顾狗狗，按时喂食，多和他出去散步。只有他能如此对待她的狗，他才能善待他的女人。但是这么基本的条件卡洛琳都没有注意过。”

贝克先生叹了口气说：“她当然没注意过这些。她是人类，不是腊肠狗，你连这都忘了吗？另外，男人不坏，女人不爱。”

“啊？”

可怜的贝克，一定是吃错料了。

“没错，她就是喜欢坏男人。如果不是这样的话，卡洛琳早就跟丹尼尔在一起了。他一直都深爱着卡洛琳，我敢跟你打赌，随便你赌什么，她也很喜欢他。但是他对她太好了，太体贴入微了，所以他俩不可能。相反，托马斯的做法倒是非常成功。可以说，差不多算是成功吧。你要注意一点：如果你太友善了，其他人类就不会把你当回事儿，特别是女人。我十年来的研究结果表明：友善的男人不受女人的青睐。”

“你的意思是，女人总是故意找像托马斯这样尖酸刻薄的衰人？”

“正确。”

“但是这也太可怕了吧？”

“事实证明：如果丹尼尔或者其他男人想获得卡洛琳的芳心，那就必须对她差一点。”

我顿时慌乱了——而且简直快疯了。这绝不可能！说得极端一点就是，女人天生喜欢遭受虐待。贝克先生肯定是误会了，否则只能说，卡洛琳未来的感情生活简直是一片漆黑。不过话说回来，贝克先生的一个观点是正确的，丹尼尔确实太友善了，而且我也感觉他非常喜欢卡洛琳。卡洛琳爱托马斯却不爱丹尼尔，肯定有什么原因。

我和贝克紧挨着坐了一会儿，我必须消化一下刚刚听到的理论。我完美的计划——我伤心地把头搭在了前爪上。

“尽管如此，”贝克过了一会儿说，“我认真考虑之后觉得：你的计划也许没有那么糟糕，我们动物确实比人类能更好地鉴别人的品质。也许我们能帮助卡洛琳好好把把关，以免她再遭遇失败。我们必须给她的品位把关。”

“那我们该怎么做呢？你刚才不是说过，这行不通吗？”

“唉，”贝克歪着头说，“这正是我们新任务的关键之处。”

十一

“出发！这个地方非常理想！”贝克怀疑地看着我说，“你是怎么想到这个主意的？”

“倪娜说过，王子们都聚在这里。”

“她这么说过？”

“也没有那么直接，不过意思差不多。可能她没说过‘聚’，但是不管怎么说肯定有一些王子在这走来走去。”

我们站在公园里，看着四周的男人。如果我们要找到一个王子的话，究竟该怎么做，我们还没想好，但是我们决定先在这个环境下找找灵感，然后再即兴发挥。但是，今天贝克的悲观理论打击了我，他认为，阴雨连绵的日子并不适合在公园里找男人。

我们必须开始行动了，因为卡洛琳已经回家三天了。尽管她看上去依然不快乐，但是她开始回到工作室工作了，我觉得这是个好兆头，情况在慢慢好转。

“那里！我看到一个！在那后面！”

我兴奋地向一个方向跑去，我看到那把伞下面露出两条人类的腿。跑了两米后我发现，贝克并没有跟着我一起跑过去的打算。我停住脚步向他转过身来。

“嘿，怎么回事？你怎么还在那里？”

“海格力斯，你这只神经的腊肠狗！那明显是个女人！”

“你怎么知道？我们只能看到两条腿啊。而且因为下雨，我没法通过气味分辨那是男人还是女人，那我们再看看吧。走，你也上点儿心！”

这只公猫今天真可怕，他压根就没觉得自己罪恶滔天，反而还使尽浑身解数讥笑我。

“你多跟我学学吧，我亲爱的。那把伞下面站的是一个女人，我敢肯定。我用不着穿过大半个公园就能知道。”

“啊，你是从什么地方判断出来的？连塑料玩具和真鸟都分辨不出来，还是别说大话了。”

贝克完全无视我的含沙射影，他抬起前爪指向那个目标人物。

“看清楚了，那把伞上有一组与众不同的花形图案。”

嗯，的确是，大花和小花构成了别具一格的圆圈。

“那么，我们先上一课了解一下人类：花朵是女性的代表图案。你也不用去看了，我还从没见过哪个男人用一把有印花图案的雨伞，我们还是节省点力气干正经事吧。”

有意思的理论，女性图案和男性图案。我在心里默默地问自己：为什么会是这样呢？男人和女人是不是很不好区分？的确，他们的嗅觉不怎么灵敏，因此可能需要一些辅助手段来帮忙。

在接下来的十分钟里我们一无所获，尽管公园很大，但是基本是个圆形，因此站在最中间就会获得最佳视野。我们什么也没看到，公园里没有一个人走动。虽然我身上的毛还算厚实，但是我慢慢地也开始退缩了。也许贝克先生是正确的，也许我们应该慢慢走回房子里，我并不想让贝克承担我的失败。突然，有个两条腿的人类走进了我的视野。这一次明显是个男人——他手里没有拿雨伞，而是轻松地从公园的右边一角径直向我们慢跑过来。

“咦，难道他是来找我们的？”我奇怪地问。

“看起来是这样，可能他想要抄近路吧。这种天气在这里跑步可不怎么好玩。”贝克挖苦道，“他快跑过来了，你准备怎么即兴发挥，这可是你难得的机会，我完全不知道怎样才能多了解了解他。我们可不能随便给卡洛琳找个人，是不是？”

我真是要被他烦死了，他既然觉得这么无聊的话，为什么要跟来？贝克要是一只猎犬，他的主人肯定早就因为他的悲观情绪而把他杀死了。言归正传，那个慢跑的人眼看就到跟前了。天哪，我冥思苦想却一点行动方案都没有。

慢跑者眼看就要从我们跟前跑过去了，我毫无办法地扯着嗓子对着他的脚撕心裂肺地哀叫起来，看上去应该是疼痛难忍，需要紧急救助。我要看看，这位先生是不是动物爱好者，是否会来关心我，这样就能知道他究竟是不是王子了。

两秒钟过后，我开始怀疑我这可能不是一个好方案，那个男人试图躲开我，不料脚下一绊，直接摔在贝克先生面前。他在地上躺了一小会儿，然后爬起来，抖抖身上的泥，揉了揉右臂，站起来后向我走来，盯着我大声吼叫道：“最好给我小心点，你这个讨厌的蠢货！”

好吧，这么看，他根本不是个绅士。他抬起右腿准备向我踢来，但是就在他踢到我之前，贝克和我一溜烟儿跑到最近的灌木丛后面躲起来了。哎哟喂！看看这个人是多没有修养！贝克一开始什么都没说，我俩一同深吸了一口气，然后他慢慢地摇摇头。

“这不是真的吧，这算是什么战略？显然行不通啊。”

“我至少还做了什么，你就一直在旁边鸡蛋里挑骨头！”我竭力捍卫自己寻找男主人时的积极表现。

“哈！明智的做法是，不要再继续了！我一直在问自己，要是刚才那个家伙把你抓走了你打算怎么办。或者说他摔倒在你身上，那你有可能被压成肉饼。真受够了，我要走了。”

我竖起耳朵听贝克的教诲。我之前根本没有想过整个事件有这么困难。倪娜说在公园里面找王子的时候，听起来轻而易举呀，见鬼。

我看起来肯定郁闷至极，贝克在旁边捅了捅我，用安慰的口吻说：

“嘿，嘿，天还没塌下来，万事开头难嘛，而且你太低估下雨对人类的影响了。绝大多数人都不太喜欢下雨天，宁愿待在家里。你自己看看，地面上基本没有足迹。除了那些慢跑者，其他人类更愿意舒服地在沙发上休息几天。我作为一只公猫都觉得这里无聊透顶！不过，一旦太阳出来，这个公园又会变得熙熙攘攘的。到时候我们就可以低调地在长椅边走来走去，寻找最合适的候选人。那时你再摆出一副‘我是一只可怜的、病怏怏的小狗’的姿态。话说回来，这个主意也不算太糟糕。”

我吃惊地看着贝克先生：“真的吗？你真的觉得这个主意不赖吗？”

“真的不错，我很认同，一只狗能想出这种主意已经非常难得了。”

我这时觉得豁然开朗了。于是我们离开了藏身之处，慢慢向房子的方向踱去。这时候雨也停了，可以看到有越来越多的人走到了公园里。当然，依然没有我想象的那么多，但是还好，不过我已经没有心情去跟人搭讪了。我低着头蹑手蹑脚地走在石子路上——险些撞到在我前面的贝克先生。

“嘿，小家伙，打住！我看到前面的局势正是我们一直期待的。”

我吃惊地扬起头。真的：前面那张长椅上坐着一个男人。尽管那张长椅还很潮湿，他依然很舒服地坐在上面，准备吃一小份午餐，身边放着一个瓶子，他正在随身带的一个口袋里翻找着什么。我慢慢踱到长椅旁边，好仔细观察一下那个男人。他看起来跟王子有点差距，脸有点皱皱巴巴的，头发是灰白色的，略长，有一绺头发总是挡着脸，另外他还长着胡须，看起来有点像杂毛腊肠狗的毛。

“哦，你觉得这个就是真命天子吗？我表示严重怀疑。”

但是贝克并没有下定论：“如果是！那这是个绝好的机会——我们难道不应该牢牢抓住他吗？如果不是，至少我们能够积累点经验，等到真正的第一候选人出现的时候我们就能充分做好准备了。”

我以前还真不知道，原来猫都是天生的谋略家，贝克的心计还真是不少。

“这样，我们从这家伙的旁边悄悄溜过去，你装出那副病怏怏的姿态，用力地在地上来回翻滚、哀叫，整个计划就是这样。如果他来关心你，我就想办法把他带回家。”

“你怎么做？”

“跟你一样，即兴发挥！”

来到长椅旁边，我先是寻找一块战略位置最佳的地点作为我的表演舞台。这时那个男人还没有注意到我，他还在忙着翻袋子。他时不时地把脸前那缕半长不短的灰色头发从脸前拂开，别在耳朵后面。我从他的左侧走到他脚边，翻滚在地。然后我开始大声嘶鸣，四条腿踢来踢去，同时身体剧烈地扭动起来。我表现得痛不欲生——如果谁对此无动于衷的话，那毫无疑问，他绝对是铁石心肠，那就别妄想得到我们的卡洛[3]！

那个男人终于放下了手中的袋子，朝我弯下腰来。

“喂，这是谁家的狗呀？你这是怎么了？”

有一股刺鼻的味道朝我飘来，像是汗水的味道，还有……还有……对了，没错，就是卡洛琳在那个可怕的夜晚喝的那个东西。一种不祥的预感逐渐向我袭来，我决定还是取消这场闹剧表演吧。但是我从眼角处看到贝克在我们右边一米左右的地方坐着，正全神贯注地注视着我们，看上去兴致勃勃。如果他觉得我这时候应该放弃的话，早就打断我了。我还是坚持到底吧，加油！

我又努力地左右扭动起来，以使这台戏看起来更加逼真，同时歪着眼睛，鼻子还抽动着。

“天哪，可怜的小家伙，你肯定非常不舒服吧！来，我来把你抱起来。”

那个男人边说边体贴地把他的两只大手分别插到我的脖子下面和后背上，小心翼翼地把我抱起来放在他的腿上。我立刻停止了扭动，要不然，我可能会摔下去，那就真的受伤了。那个男人挠挠我的肚子，舒服极了。不过上面还是传来一阵阵跟卡洛琳啜饮的东西一样的味道，唉，这太糟糕了，希望这个男人不要立刻吐出来，因为我正处于一个非常不利的位置。

“来，小家伙，别哆嗦了。你马上就觉得舒服多了，是不是？看看维利能帮你做些什么？”

我必须说，这个问题问得太好了。这正是贝克该出现的时机。我希望他已经考虑好了如何把这个男人吸引到卡洛琳面前，不要错失良

3 译者注：卡洛琳的昵称。

机。尽管我这时候我已经确信无疑，他绝非我们要寻找的那个王子或是某个拿得出手的候选人。开工啊，贝克，你傻在那里干什么？

“嚯，这里还有一位小朋友啊！你们怎么一起跑到这里来了？”

我们这些四条腿行走的动物是可以用心灵感应来交谈的。我迅速地翻转身体，肚皮朝下，看贝克如何溜到维利的腿边。这时他跳到了长椅上，就坐在我们的旁边。

“喵，喵呜，喵呜呜！”

好吧，猫类的确是不能发出一声像样的叫声的，更准确地说，他们根本不会叫。贝克的叫声听上去就像是卡洛琳每天修复的小提琴的声音，够难听的，我不禁在心里嘀咕，他这到底是想做什么？

“哦，我知道了，你也觉得不舒服吧。今天这是怎么了？你们俩是不是都生病了，还是迷路了？”

维利用手抚摸着贝克的头，若有所思地盯着他看。即便他不是王子，也是个友善的人，这是不是就足够了呢？贝克把一只爪子搭在维利的胳膊上，向自己这边拉了拉。

“噢！”

显然他把指甲亮出来了，维利惊恐地把他的手臂缩了回去。贝克从长椅上跳了下来，把前爪向维利的腿伸去，然后开始拉他的裤脚，并且不停地喵喵叫着。

“要是有人能跟动物对话该多好。我真想知道你想让我怎样，是想让我跟着你吗？”

我激动地马上开始舔维利的手。那味道真好——就是我最喜欢的味道。

他笑道：“嘿，我的小朋友，你是不是疯了，你是在回答我的问题吗？要我跟着你们吗？”

天哪，跟人类交流原来这么简单呀，我起初想象的比这难得多，或许是因为维利特别敏感。无所谓，反正我们只关心结果。我从他的膝盖上跳到贝克先生旁边，他正满怀期待地看着维利，激动地把尾巴摇来摇去。维利站起来，左右摇晃了一下，待他站稳以后，贝克围着他转了两圈，然后就向卡洛琳的房子跑去。因为我也没什么更好的主意，所以就效仿了他的动作。

“这是让我跟着是吗？一只腊肠狗和一只猫想要跟我一起散步。如果我讲给救世军协会的那位女士听，她一定马上又要给我一杯香特邑酒了，那走吧！”

伴随着这个命令，贝克先生和我向着公园出口一路小跑，那正对着我们的花园。我时不时还回头看看——维利老实地跟着我们呢。我们来到花园的小门旁，他稍稍犹豫了一下。

“这里吗？真是个漂亮的房子。不行，我可不想被当成盗窃犯。”

哈哈！这真是个有趣的想法！一只看门狗领回了一个盗窃犯！我真不明白，维利怎么会这么想。过了一小会儿，我们一起站在了工作室的落地窗外。我挠了挠玻璃，维利就站在我身后，好奇地偷偷向窗户里张望，最后终于敲了敲落地窗。丹尼尔走过来，打开了门，实际上就开了一条缝。

“您有什么事情吗？”

维利清清嗓子说：“啊，是这样，怎么说呢——下面这两位似乎想要把我带到这里。”

丹尼尔向下看，这才看到我们。

“哦，海格力斯和贝克先生，你们在干什么？”

“是这样，这只小腊肠狗刚才好像有点痉挛，突然在我坐着的公园长椅旁边跌倒了，然后他的朋友就来了，好像是叫我跟过来。”

丹尼尔从门的缝隙看着他，一条眉毛挑了起来，表情很诡异。

“啊，是吗，这只猫想要让您跟来，我明白了。”

“好吧，我知道，这听起来有点奇怪，特别是从我这样的人嘴里说出来。但是的确是这样的，请您相信我的话，他们俩就是这样把我领到这里来的。”

这时候卡洛琳在丹尼尔身后出现了。

“发生了什么事情？”

“这位……嗯……先生刚刚说，海格力斯在公园里突然摔倒了，然后和猫一起把他领到了咱们这里。”

卡洛琳站在丹尼尔身边，把落地窗又拉开了一些。

“他们俩吗？你们俩干什么？是不是攻击公园游客了？”

维利开怀大笑起来。是不是他很喜欢卡洛琳？丹尼尔却紧张地瞥了瞥眼睛，不过卡洛琳看不见，维利却能看到，他不好意思地捋了一下杂乱的头发。

“是的，就是，像我刚才给你的先生讲过的，确实是他们两个把我引到这里来的。嗯，我的意思是，他们先是跳到我坐的长椅上，然后这只猫抓了抓我的裤脚，然后……”维利有点犹豫，整个事件好像让他觉得很难堪，“我不想再继续打扰你们了，这只狗看起来康复了，那我告辞了。”

他准备转身，卡洛琳向前迈了一步。

“非常感谢您把他们两个给送回来，看来他们的确是想要告诉您点儿什么，可惜他们不会说话。我会带海格力斯去看医生的，我保证。”

哦，不！真是个大乌龙！去看医生。我早就该想到我有可能被带去瓦格纳医生的诊所。我伤心地仰着鼻子，贝克面露讥笑地靠在我旁边。

“来，海格力斯，进来吧。”丹尼尔说，招呼我进门，“贝克，你自己在外面转转吧。我觉得，你们今天已经在一起玩了很久了。”

丹尼尔看上去有点不高兴。我立刻察觉了，于是悻悻地走回我的箱子里。

“你相信那个故事吗？”卡洛琳问，“我怀疑，到底是不是他们两个把他给带到这里来的？还是他想仔细看看咱们的后门，好入室盗窃？”

“我觉得他看上去倒不像是对咱们的房子感兴趣，至少不像是那个在报亭偷劣质烧酒的人。”

“那他为什么要编造出这么一个故事呢？你觉得真的是海格力斯和贝克把他引来的吗？如果是，那又是为什么？”

丹尼尔举起双手说：“要我说实话吗？真的不知道！海格力斯看起来不像生病了。可能那个老人家产生幻觉了，一般人们喝过一瓶白兰地之后都会这样。这对身体不好，是不是？”

丹尼尔坏笑了起来，卡洛琳的脸刷地红了。她不自然地转过身，一言不发地走进了她的房间。丹尼尔犹豫了一小会儿，然后跟着她走了进去。

“嘿，对不起，是我不好。”

卡洛琳没有答话。她肯定很生他的气，就是我这么一只四条腿的动物也能发现。至于为什么，我就不得而知了，但是丹尼尔很了解。他站在离卡洛琳很近的位置，好像在考虑下一步该怎么做。最终他决定打破沉默，在这种情况下，我们狗类也会选择相同的做法：身体接触。他把卡洛琳抱在怀里，紧紧地搂住。

气氛顿时变得凝重起来，就好像是老艾舍巴赫打开了驯马场栅栏上的变压器开关。

十二

“他真可爱！说实话，我已经有很长时间没有遇到过如此完美的男人了。”

倪娜的双眼放着光，而且她说话的时候还手舞足蹈的。如果我们“为卡洛琳寻找王子”的行动成功的话——至少她的这个闺密肯定会滔滔不绝地评论。倪娜已经在我们的沙发上坐了一小时了，对瓦格纳医生的热忱没有一丝消退。噗，一想到倪娜主动和这位狗狗刽子手约会，我就感到毛骨悚然。那个男人双手肯定沾满了鲜血，而且不仅仅是我的！不过从另一个角度讲，这对我无所谓，最重要的是卡洛琳身体健康。

倪娜的声音还像是背景音乐一样响着，我早就走神了。天气这么好，我真想和贝克先生一起跑出去玩。无论如何，维利事件显然算不上完全失败。贝克是对的——这是个很好的训练，我们已经有了极大的进步。好吧，但是我还是想不明白，为什么卡洛琳会把维利想成一个窃贼，是不是跟他身上奇怪的气味有关系？但是卡洛琳应该没有察觉，她的嗅觉那么差，再说，维利也没有挨着她站。无论如何贝克和我还需要改进战略，我要马上到花园里去找他，前提是，倪娜结束这些闲扯，我才能和卡洛琳去工作室。不过目前看来她没有停止的势头，倪娜就像个瀑布一样没完没了地讲。

“他看上去——就是很棒！完美的身材！满头棕发！有点像休·格兰特，你发现没有？”

我竖起耳朵听，这对话听起来好像也没有那么无聊，瓦格纳医生的长相确实是这样。我们狗类一直以来都有一个想不明白的问题：人类什么时候会觉得一个人美？是毛发多点，还是少点？是高大还是矮小？男人和女人美的标准是否不同？我对此很感兴趣，越是看那档叫“情侣配对”的节目，就越是对倪娜的描述感兴趣。

“你是不是也注意到了他那双美丽的蓝色眼睛？”

啊哈！眼睛的颜色，显然这是个重点。

“没有，我没注意到。”

我也没注意到。话说回来，我根本分辨不出颜色。

“你必须好好看看，那真是与众不同，是矢车菊那种蓝色！”

“倪娜，我不知道你是不是还记得——就是咱们一起去诊所那次，当时我带着有点焦躁的海格力斯，他一直叫，还差点杀死两只可爱的小兔子，然后引发了一场混乱。不好意思，我都没顾上看你那位帅哥医生深蓝色的眼睛。”

卡洛琳的语气听起来有点不耐烦，是不是因为想起了去诊所的那次可怕的经历？我上次表现得太没有礼貌了是不是？真是太尴尬了。

“亲爱的，你是不是心情不好？我还以为你最好的朋友去约会，你会感兴趣呢。”

“对不起，你说得很对，很抱歉，我刚才有点不在状态！我发誓我会认真听！好了，别再继续说那双矢车菊蓝的眼睛了，他接吻的技巧怎么样？”

这看来是个很重要的问题，否则卡洛琳就不会把它列为第一个问题。但是这怎么分辨呢？我和贝克上哪里去找一个很会接吻的男人呢？

倪娜笑道：“你可能不相信——我也不知道为什么，我们根本没有接吻。”

明白了，这是外貌无法体现出来的个性，得亲身体验。

“你们还没有接吻？我还以为你们一整晚都很激情呢。”

“没错，我们聊得很投机。马克非常迷人，而且非常幽默。我们只是没有接吻，但是这无关紧要，我得循序渐进。”

“哦，”卡洛琳说，语气充满了怀疑，“循序渐进？你？这可是个新战略，你是什么时候转换作战方案的？我在他的诊所时可没看出来，当时的情况让我觉得你是想要速战速决啊。我的意思是，你不是早就躺在他怀里了吗。”

倪娜气呼呼地叫道：“听好了——我那只不过是被你那只笨狗给绊倒了而已！什么叫新战略？听起来就好像我总是举着霰弹枪把这一型的帅哥当猎物扫射一样。”

“啊，到目前为止还没有哪个人让你变得这么矜持，已经把霰弹枪换成狙击枪了嘛。”

“卡洛琳，看来你已经与世隔绝好久了。我很年轻，而且单身，如果我喜欢上哪个帅哥，绝不会坐以待毙，眼睁睁看着他骑着白马从我的身边扬长而去。相反，我会牢牢抓住机会。我把这命名为霰弹原理——这样广撒网还怕捕不到鱼吗？”

与世隔绝？白马？霰弹枪？倪娜就好像说谜语一样，卡洛琳看样子是明白她的意思了。

“好吧，好吧。你说得没错，我确实有够老土了，看来得适应。”

倪娜用力地点点头说：“对；我告诉你，千万别指望你的真命天子会突然从什么地方冒出来！那种情节只可能在童话里出现。”

错，亲爱的小姐！如果是卡尔-里奥波德·冯·艾舍巴赫亲自出马的话，就有这个可能，这样就不用把那么多个美好的夜晚浪费在一个兽医身上？小姑娘们，到此结束吧，我要把新听来的消息讲给贝克先生听。

“你说，海格力斯是不是该出去了？”倪娜意味深长地看着我说。

“为什么？”

“你看，他突然开始不安地在这里走来走去，不会是想在你的沙发下面方便一下吧？”

“你来之前，我刚刚带它出去溜达了一会儿。可能咱们的话题让他觉得很无聊吧。我可以把他放到花园里，而且我也该回工作室了。”

“不是吧，我还以为你能小休一下，咱们一起去喝一杯咖啡呢。”

“我也想去啊，可是我前几个礼拜一直把工作都推给丹尼尔，实在是太过意不去了。”

“别担心啦，你不是不舒服嘛，况且丹尼尔肯定很乐意帮你的忙。”倪娜拍拍卡洛琳的肩膀，坏笑着说。

“你别讽刺我。丹尼尔当然愿意帮我，但是我不想让他累倒，他已经到极限了。我也该想想怎么修复奥罗拉的小提琴了，那要花上很长时间。”

“我都快哭了，如果丹尼尔关心你胜过关心那个讨厌的小提琴演奏家的破烂小提琴的话，我还能欣慰一点。”

“奥罗拉是位非常优秀的音乐家。”

"她就是一头讨厌的母牛，随时随地不忘勾引男人。"倪娜毫不留情地说。

"丹尼尔现在是我的合伙人，他的私人生活跟我没有关系。"

倪娜眨眨眼睛叹了口气说："对对对，傻子才信你的话。"

"倪娜，怎么又是老调重弹，丹尼尔和我是好朋友，除此以外没有什么。海格力斯，起立！"

"我们理想的候选人应该拥有一双蓝色的眼睛，接吻技巧要好。"我和贝克先生并排坐着晒太阳，我给他更新了我刚听到的有关人类选择伴侣的最新知识。

"正如你所说，事情一点都不复杂，轻而易举就能完成。我仔细盯着他们的眼睛看，然后你就趁机去亲他们，希望你能分辨出谁的接吻技巧比较好。"

我生气地瞪了贝克一眼说："我怎么觉得你根本没把我说的话当回事儿呢？"

"因为你的话听上去就不怎么靠谱，你的那些天马行空的计划根本没法实现。尤其是我们根本就不知道，卡洛琳是不是喜欢蓝色的眼睛，也许她更喜欢棕色的呢，或者绿色的。另外，人类的眼睛又不是特别大。从我们这个角度，在五米开外根本没办法辨认出眼睛的颜色。还有接吻——技术含量太高了，咱们能把一个人带到卡洛琳面前，让他们握个手的话，那就不容易了。"

"那好吧，既然我是这么一只微不足道又傻里傻气的狗，那我建议，由你来接管指挥权，我这只腊肠狗就谨遵指示。"遵命谁不会啊，这只讨厌的猫。

"你别又摆出一副委屈的表情！我们的原计划很好，咱们再到公园里去，然后像上次把维利拉回家一样，再去找一个猎物，肯定能找到真命天子的，霰弹原理。”

“搞笑，倪娜也这么说过。”

“看吧！她也精通此道。从我住到这栋楼以后，我见倪娜带过五六个不同的男人到这里来。我们尽可能多地带一些男人来，就像倪娜一样，我觉得她是个专家。”

我疑惑地看着他说：“是吗？那为什么她还单身？可见她的筛选流程有问题。现在她又看上了那个可怕的兽医。”

“谁知道，可能是她从一开始就没准备和一个男人长久在一起生活吧，可能过了一段时间她就把他们整得筋疲力尽，然后必须换一个新的了。”

“这是我第一次听到这么多有关人类伴侣关系的事情。我以为伴侣间最重要的是长久的忠诚，你不是说过的吗，否则卡洛琳也不会对内裤事件那么激动，是不是？”

贝克先生歪头想了想说：“嗯，你说的有道理。我懂什么呀？我也不过是只上了岁数的猫而已，我也是要花大力气才能理解人类的想法的，也不是百分之百了解他们。那现在怎么办？我们到公园里去吗？”

“好吧。”

霰弹行动开始。

今天的天气很好，因此有许多人在公园里休息。我们决定，首先在距离我们的房子比较近的长椅上找找看。这样如果有男人要跟着我们一起走的话，就不用穿过大半个草坪了。不过可惜的是，那两个长椅上坐着的除了女人，就是拿着塑料袋的维利，他已经友好地跟我们打过招呼了。都不行。

在第三张长椅上，我们终于有了新发现：一个年轻的男人正在那里弯着腰系鞋带，尽管我看不到他眼睛的颜色，但是我们不想错过这个机会。贝克先生和我悄悄溜到他旁边，开始表演。

实际的情况是——我们本来是想要表演的，然而我身子还没落地，突然看到一个年轻的女人走到长椅旁边，弯下身子亲了他一下，然后就在他身边坐下来。我重新又从地面上爬起来，抖了抖身子，坐回贝克身旁。

“唉，他已经有女朋友了。”

贝克笑道：“不过我们倒是可以问问这个人的接吻技巧怎么样，这不正好是你新发现的一个必备特质吗？”

“哈！哈！真好笑。”

我有一点失望，因为从腊肠狗的角度来看，这型的男人非常可爱。非但没有成功，还遭到那只肥猫幸灾乐祸的嘲讽。

“要不你来锁定下一个目标吧！”我没好气地建议道，其实我是想忍住的。

“好呀，好呀，我早就瞄好一个了。看，那里！”

他在草地上跑了一段，在一个挨着花圃的长椅旁边停下来。好吧，我承认，那个人看起来还不错。他正在看报纸，这个时机也很好，我悄悄走到他身边，直接摔倒在他的脚上，然后像上一次一样蜷缩起来，大声哀叫着，装得非常可怜。

过了一小会儿那个男人把目光从报纸上移开，关心地盯着我。这里有一点点是我的想象，因为在这个时候从我的角度看得并不是太清楚。但是我感觉，那个男人并没有打算对这只生命垂危的狗做出什么反应。见鬼！这一招在维利面前马上就奏效了呀。我用尽浑身解数，在他脚的正前方扭动得更加剧烈了，叫声也更加激动。我的叫声越来越大，气喘吁吁，嘴里都冒出白沫了。尽管如此，那个男人还是嫌弃地看着我，把脚往旁边挪了挪，然后迅速站起来，转身走掉了。我真是无语了。居然没有成功！贝克小跑着来到我面前。

“嘿，这是什么情况？他怎么就这么走了？你是不是觉得自己的命运就是一场悲剧？真不敢相信，这些人类有多冷漠！”

我们扭头看了看那个男人，他站在远处正朝我们这边看，是不是后悔了？他解开背包，是不是要掏出一根肉肠？没有，他掏出了手机，然后开始打电话。我悄悄地走近他，因为我的直觉告诉我，这跟我们有关系。

“喂，警察吗？我叫迪坎普。你们可能会感到惊讶，但是我要向您报告，这里发现了一例疑似急性狂犬病病例。”他停顿了一下，“对对，没错，就在汉堡。好的，请您帮我转接。”

又停了一会儿，那个男人站在那里全神贯注地听着电话：“您好，我叫迪坎普。我刚刚已经和您的同事讲过了——我要向您报告一例疑似狂犬病的病例。一只腊肠狗，在汉堡。对。嗯……”

那个男人走来走去，一直朝我们的方向看过来。他一看到我们正在慢慢向他靠近，又向后退了一点。

“这，怎么描述呢，真的，几乎贴到我身上了，全身痉挛，嘴里还冒着白沫。什么，汉堡没有狂犬病？全德国的宠物都不得狂犬病？明白了——但是为了谨慎起见，您是不是派个人过来看看？”

这时候贝克先生站在我旁边问：“我说，这家伙在跟谁打电话，怎么这么激动？”

“我想是在给警察打电话吧。他刚跟他们说，我有狂犬病。我还真是个完美的演员——尽管被当成患有狂犬病！你知道吗，一般只有狐狸才有这种天赋，这是我外公告诉我的。他们非常危险，猎人们必须时刻保持警惕，以防被咬到。一条出色的猎犬也应当谨慎。”

我的话说得多少有点装腔作势，但是这无伤大雅，因为我确实非常了解狩猎，至少是理论知识。

“你说什么？”贝克先生摇了摇脑袋，并且大笑起来。

“对，听起来很可笑，是不是？他现在是要叫帮手来了。”

贝克不笑了：“真的吗？妈呀。那我们还是赶紧离开这里吧。”

“为什么？激动人心的时刻就快到了。显然这家伙非常欣赏我，而且也许想要让警察查出我的住处。”

我不得不说，贝克先生只是单纯地嫉妒我的表演天赋，以及所产生的巨大反响。

“别胡扯了，你这只笨狗。你以为他们会怎样处置一只有可能感染了疯狗病的危险动物？他们不会把你带回家，他们会把你抓起来！也许会马上把你弄晕！”

“弄晕？”我不太确定地重复道。

“没错，他们会把你处死。趁他们还没找来之前，赶紧跑！”

我听到一声恐怖的尖叫声，正奇怪贝克怎么会发出这样奇怪的声音，却突然发现，发出这个叫声的正是我自己。贝克先生目不转睛地注视着我。

“没错，我的朋友，你没听错。如果你问我现在我们是不是还有其他选择……”

我俩异口同声地叫道：“跑！”然后头也不回地撒腿就跑。我们用尽全身力气，闪电般地向公园出口冲去，维利坐在木长椅上，吃惊地看着我们从他身边跑过。

回到房子时，我已经气喘吁吁了。并不是因为疲劳，而是因为恐惧。处死，这是个非常非常可怕的词！我们从花园的门溜进去，然后一起躺在树荫下。我们都筋疲力尽了，沉默了好一会儿，然后我重新站了起来。

“我不知道，贝克先生，用这种办法给卡洛琳找男朋友看来并不怎么合适。”

贝克把头摇过来晃过去，说：“先别这么早放弃。不管怎么说，基本思路是正确的。也许我们要限制一下挑选对象的条件，就是说，不是天气好的时候每一个坐在公园里的人都自动成为候选人。”

“但是我们开始只能这样——顺便提醒一下：这是你的建议。我的意思是霰弹枪。”

“那又怎样？干吗那么在意我昨天说的废话？我们要吸取教训。我觉得，我们成功的秘诀就在于有目的地预选。咱们继续努力吧！”

“我不懂。”我不满地说，“我们怎么预选？”

贝克想了想说：“我们必须要从卡洛琳的角度挑男人。”

“想法很好，但是我们该怎么做呢？”

贝克没有直接回答我的问题，而是高高跳起。“来！”他对着我大喊道，“我突然有个灵感。”

十三

尽管我不喜欢被人用绳子牵着走，但还是用嘴叼着绳子在卡洛琳面前跳来跳去。如果贝克的理论正确，那么卡洛琳跟在身边的话，我们就能够轻易在公园里甄别出那个合适的男人。计划是这样的，我跟她一起去散步，观察她在看谁。然后……当然，事态的发展方向还不是很明朗。但是按照贝克先生说的，他在暗中观察我们，然后通观全局或许能有所收获。这个计划的先决条件是，卡洛琳得明白，我想要跟她一起出去散步。

我又用力地高高跳起，同时用前爪抓卡洛琳的裤子，她低头笑着看看我。

“海格力斯，别这么疯狂！我知道你想干什么，但是我得把这儿的活干完，然后我肯定带你出去，我保证！”

她从桌子上拿起一块小木板，夹在小提琴的琴板和琴弦之间。真是的！工作真是没完没了，但是我的事情更重要啊，我发出了呜噜的声音。

“喂，海格力斯是不是想要出去？”丹尼尔站到卡洛琳身边。

“是啊，显而易见，我不想责怪他。今天的天气很好，在工作室里待一整天确实有点浪费。我马上就会带他到公园里去的，这对我自己的心情也有好处。”

丹尼尔点点头：“说得没错，我陪你一起去你觉得怎么样？”

不要吧！我不同意。我做了这么多还不是为了给她找个新男朋友？注意，是新的。要是带一个男人去，岂不是碍手碍脚的？

但是根本没有人征求我的意见，卡洛琳直接把项圈套在我的脖子上，而且丹尼尔拿起自己的夹克，我们三个一起离开了工作室。我们穿过花园的时候从贝克先生身边走过，他正忙着找合适的位置监视呢。

“嘿，怎么会这样？他干吗要跟着？谁去酒吧还自带酒水啊？！”他小声地说。

“你以为这是我的主意吗？”我低声回答他，“你倒是教教我，我应该怎么阻止他？”

贝克耸耸肩，好像要说什么，可是我们已经从他身边走过去了。

我们向着公园的方向走去，我还在想，在这种情况下是不是还可以把计划调整一下。如果卡洛琳一直跟丹尼尔聊天的话，还会不会注意到其他人？我真是气不打一处来——因为卡洛琳在旁边，我不能佯装生病；因为丹尼尔在旁边，卡洛琳不可能注意到其他人。呜噜！

“真是搞笑——我就在这么漂亮的公园旁边工作，却没怎么来过这里。”

对啊，丹尼尔，我真想问问你，怎么今天你就偏要跟来呢？

“是啊，你确实很少来。海格力斯来了以后，我来这里的次数比以前多了许多。不管怎么说，前段时间我实在是太忽视他了。在这方面我的确不太自觉，甚至还要他叼着绳子来找我，提醒我要履行女主人的责任。”她蹲下来轻轻抚摸我的头，“海格力斯，前段时间你肯定和你的女主人相处得不好吧？现在一切都好起来了，你也觉得吧，我希望你千万不要盼着回到动物收养所！”

我？盼着回动物收养所？这个想法未免也太荒谬了！找男朋友的事情的确进展得不是很顺利——但是卡洛琳显然不清楚，在一个只有十平方米的空间里还和波佐以及拳师两个浑蛋共处，有多悲剧。

天气实在是太好了，而且我看丹尼尔也完全没有走开的意思，所以我决定，干脆像他一样，好好享受这次散步。实际上，以前卡洛琳也很少跟我一起散步，基本上没有。我们沿着一条蜿蜒的砾石路慢慢走着，我在路旁的每棵树前都要停下来舒服地小便一下。太棒了！这里有声名显赫的狗走过哦，那是我的味道。多亏了在花园里的训练，我已经能潇洒自如地留下我的气味标记了。我痛快地三步一停，卡洛琳和丹尼尔闲散地慢慢走着，我有足够的时间完成腊肠狗生活中最重要的事情。

他们的脚步慢得有点跟不上我的节奏了，可能因为太沉迷于谈话了吧。真烦人，人类总是没完没了地说话，我轻轻地用嘴拽了拽绳子。嘿，快点！这附近的每一棵灌木我都已经做好标记了！

但是卡洛琳和丹尼尔并没有注意我，而是向着最近的长椅走去，坐了下来。哼，刚才是谁说的“我太忽略海格力斯了，这点必须改改”？……真是言行不一！不过至少卡洛琳终于把绳子解开了，这样我还能自由地在周围逛逛。我向着他俩高高跳起来，落在长椅上，然后把头搭在卡洛琳的膝盖上。

空气中弥漫着一阵不同寻常的紧张气氛，难道是我想多了吗？丹尼尔看上去有点紧张，而卡洛琳也有点激动。这一点也不奇怪，因为如果我像他俩一样，很长时间没有到外面散步的话，绝对抑制不住激动的心情。人类只不过是体形较大的动物，只是他们往往不愿意承认罢了。我闻闻卡洛琳的手，想要舔舔。可能这样能让她平静下来吧。

我的舌头还没有碰到卡洛琳的手背，丹尼尔突然出人意料地用手按住我的鼻子。嘿——什么情况？我的鼻子一点都不好玩，那是我最敏感的器官。我小声呜噜了一下，丹尼尔迅速地把手抽了回去。显然我吓到他了。他也吓到我了，他摸我的鼻子到底有什么意图呢？我冲他眨眨眼，但是他的表情非常淡定，好像什么都没发生过似的，这个举动太不寻常了。接下来的几分钟卡洛琳和丹尼尔都一言不发，这种气氛其实挺好的，丹尼尔忽然清了清嗓子。

“要是咱们这周一起做点什么你觉得怎么样？”

这个男人说什么胡话呢？他们两个不是每天都在一起吗？卡洛琳肯定也是这么想的，她笑了。

“你怎么突然这么想？一起做大提琴，还是小提琴？”

“哈哈，你开什么玩笑？”

“对啊，这是对你最近跟我说的有关白兰地的那段话的报复。”

“好吧，那我们扯平了。”

又沉默了。

“做饭吧。”卡洛琳过了一会儿说，“我们可以一起做饭。就像从前在米滕瓦尔德合租的公寓里那样。那时候多快乐啊，后来就一直没有做过。”

她对着丹尼尔笑。就是这个笑容，就是我在动物收养所里一下就迷上的笑容，无与伦比的美丽。这个时候，我觉得我们坐的这个长椅周围笼罩着一股温暖的气氛。太好了！我舒服地紧紧依偎在卡洛琳怀里，幸福地享受着这段美好时光。

这下我及时发现了丹尼尔的手，在他的手落在我的鼻子上之前，我已经把鼻子移开了。他还说着蠢话！慢着——显然他的目标不是我，而是卡洛琳。因为他正伸手跨过我的后背去抓卡洛琳的手，然后拉到自己面前。卡洛琳吃惊地看着，却并没有把手抽回来。这又是什么意思？男人在什么时候会握住一个女人的手？可惜贝克现在不在这里，他肯定懂得的。我可以肯定的是，这是一个很好的兆头——人类总是鲜有身体接触，真是太吝啬了。我看着眼前发生的一切，激动万分。

“喂，你们！”这个时候突然有个不友好的声音冒了出来。

卡洛琳和丹尼尔一齐望过去，他放开了她的手。

“对，我就是说你们！”那个声音又高声说。

这时候我看到了发出那个不友好声音的人：他就站在长椅前。我叫了一声——这厮难道没有发现他的出现非常碍眼吗？但是他就像脚下生根了一样站着不动，紧盯着卡洛琳和丹尼尔。还是说他其实在盯着我？我突然有一种不祥的预感。

“对不起，这么冒昧地打扰你们。我叫霍格尔·迪坎普。这只趴在您膝盖上的狗，昨天我在这里见到他，他的行为有点奇怪——我很不安，它像是有什么非常严重的疾病。我觉得不能排除狂犬病的可能性，尽管警察昨天否认了这一点。”

“警察？”卡洛琳和丹尼尔异口同声地重复道。

“对，我立刻通知了警察。但是他们到达这里之前，这只狗就消失了，和一只肥猫一起，当时他们两个在一起。他当时就引起了我的警觉，我准备继续观察观察他，不管怎么说狂犬病也是一种致命的疾病。好吧，可能你们觉得我有点多虑了，但是这个小家伙昨天痛苦地蜷缩在地上，嘴里还吐着白沫。另外，他就在我眼皮底下发病——这些都是最典型的症状。你们最近是不是带他去过北非？”

我这时才发觉，我全身已经因为惊吓而僵硬了，我是不是马上就会被送到警察局？他们是不是要把我弄晕？哦，不，这全都是因为我们那个脑残的计划！我努力蜷缩起来，把身体缩小，紧紧地挤在丹尼尔和卡洛琳中间，我发现丹尼尔的腿开始发抖。太可怕了！显然他非常害怕我——我的命运看来将会以悲剧收场了，他们两个可能立刻就把我带到警察局去。我把嘴垂下去，开始哀叫。

“狂犬病！”丹尼尔突然有力地说，抖得更加厉害了，“这是我听过的最离谱的玩笑。”

呼！丹尼尔的哆嗦显然不是因为恐惧，而是因为笑得发抖！我本能地轻巧地跳到他的膝盖上，仰着脖子舔舔他的脸颊。

“好啦，海格力斯！您看到了，迪坎普先生——这个小家伙非常健康，昨天他也肯定没有得狂犬病。也许是您把他和其他的狗搞混了。”

迪坎普怒气冲冲地看着我。

“我非常肯定不是搞混了。但是如果你们宁愿冒着危害身体健康的危险忽略这个问题的话，那请便！”迪坎普愤怒地用鼻子呼了一口粗气，然后转身离开，向公园出口快步走去。

丹尼尔摇摇头说：“我没搞错吧，怎么光天化日之下还有这种胡言乱语的家伙？狂犬病——这也太扯了。”

“嗯，不过我一直都有一点担心。”

“担心？为什么？海格力斯肯定非常健康，你看看他就知道了，他什么问题也没有。”

“对，但是你回忆一下上周，那个流浪汉，他不是也说过海格力斯也有过不同寻常的举动吗，可能他真的生病了。”

卡洛琳的声音听起来非常不安。该死——我真是搬起石头砸自己的脚！

“我的意思是，痉挛、口吐白沫——我以前在什么地方读到过，狗也有可能得癫痫病。如果及时发现，可以治疗，就像人类一样。”

丹尼尔叹气道：“好吧，那我们就带他去看看兽医，如果这能让你安心的话。这么好的天气，我们可以走着去——这个主意不错吧。”

卡洛琳点点头说：“好，我给瓦格纳医生打个电话。”

“诺依曼小姐，首先请您放心：从表面上看，海格力斯的身体状况非常好。清澈的眼睛、凉凉的鼻子、良好的身体机能——我准备再给他做一项传染病筛查。”

我又蹲坐在瓦格纳医生诊室里那张冷冰冰的金属诊疗台上了，也只好听天由命地任由瓦格纳医生在我身上检查来检查去。我自顾不暇，因此也没有把握机会，再去观察一下瓦格纳医生蓝色的眼睛。但是我又能说什么呢？这都是我自作自受。公平来讲的话，贝克先生也应该来受他那一份罪，但是这个世界就是这样。瓦格纳医生摸了摸我的头，然后又转身面对站在桌子旁边的卡洛琳和丹尼尔。

“就癫痫病而言，狗类确实有患这种病的病例，但是并不太容易确诊，这多是遗传病。你们知不知道，海格力斯的家族里是否有癫痫病史？”

卡洛琳耸耸肩膀说：“我不知道，真抱歉。我是从动物收养所把海格力斯接回来的，对他的家族我一无所知。但是他之前的主人好像非常有声望，只不过他不是纯种的，所以才被人送走。”

瓦格纳医生若有所思地端详我说：“哦，有声望的主人……嗯，我有一种感觉，好像我曾经在哪里见过海格力斯似的，肯定是个腊肠狗养殖场——我去过。是不是那个老冯·艾舍巴赫？”

冯·艾舍巴赫！一听到这个关键词，我几乎要从桌子上跳下去了。我边跳边大声叫。对了，就是这个！真正的冯·艾舍巴赫！毋庸置疑！

“嚯！”瓦格纳医生一边温柔地把我推回桌子的正中间，一边说道，“看来他很高兴嘛！你显然很熟悉这个名字，小家伙。那我要高叫一声：Bingo！”

我完全不知道这和Bingo有什么关系，但是从第一次见面，我就觉得跟瓦格纳医生似曾相识，终于有个人能够认出我真实的身世了。

“我父亲曾经给冯·艾舍巴赫饲养场的动物做过护理。我也去过几次，那里的狗非常健康。不过我可以问问冯·艾舍巴赫的人，他们的狗是否有过狂犬病个案。有一部分检查非常昂贵，所以我们最好在确认了我们的怀疑以后再进行。痉挛有可能是由其他原因引起的，请您尽可能准确地描述一下，当时是什么情况。”

“我没办法准确地描述出来，因为他发病的时候我都没有在他身边。”

“哦。”瓦格纳医生用疑惑的眼神看着丹尼尔。

他也摇摇头说：“可惜我也没见到。”

“那你们是怎么知道海格力斯痉挛的？”

“这可能听上去有点奇怪，但是这五天以来已经有两个人跟我们提过类似的情况了。第一次是海格力斯带着一个人从公园走到我们的房子，他告诉我们的。然后是今天，又是相同的情况：一位先生在公园里跟我们说，昨天海格力斯突然在他面前蜷缩成一团，还凄惨地哀叫，此外，他的嘴里还吐着白沫。就是因为海格力斯的这些表现，所以那位先生担心他得了狂犬病。”

瓦格纳医生笑着说：“那肯定不是狂犬病，如果已经到了痉挛的阶段，那就表示他快要死了。从我当兽医以来，还没有听说过德国有狂犬病的案例。我可以肯定地告诉你们，这种病极其罕见。”他又转向我，摸摸我的下巴，“哦，你挺忠诚的，还有点古怪是不是？海格力斯以前是不是经历过什么事情给他留下了创伤，使他总是有强烈的不安全感？我不是动物心理医生，不过我知道，这种经历有时候可能会对他的行为造成影响。您也说过，他是从动物收养所来的。会不会他有抛弃恐惧症？您是不是曾经无意间不让他进门？”

卡洛琳难为情地看着地板：“我前段时间生病了。”她用极小的声音说。

“没错，我想起来了。博格内小姐上次带海格力斯来复查的时候提到过。”

“哦，她来过？”卡洛琳脸红了。

“那么，您的意思就是，海格力斯有可能对这件事有反应？”丹尼尔问，“这真有意思，可能他担心你，想要给你找个保护者——要不然他怎么偏偏总是在男人面前发病呢？”

被识破了！我愧疚地夹起了尾巴。

卡洛琳生气地对丹尼尔发火道：“我觉得这两者之间根本没有关系。”

“喂，卡洛琳，这只不过是个玩笑。”

这下我放心了！如果我这么快就被拆穿的话，那也太难为情了。卡洛琳肯定也不希望这样。

“其实，”瓦格纳医生说道，“我觉得这个想法不无道理，狗类在构建其社会群落的时候总是有寻找保护者的本能。如果你们有这样的疑虑的话，那我不妨帮你们解析一下。您不妨说说，具体情况是怎样的？”

“我想应该不是这种情况。”卡洛琳鲁莽地打断了他，“我很好。还是请您问问养殖场吧，我觉得那样更靠谱。”

“真受不了，这么问我是不是有点太无礼了！这个瓦格纳简直无法理喻。我真想知道，倪娜到底看上他哪点了？”在我们回家的路上，卡洛琳激动地说。

我跟在她和丹尼尔身边，激动地听他们的对话，他们的话题总是跟我有点关系。

“冷静点，他又没有恶意。他只不过想要找个话题跟你聊聊，没想到你对这个话题这么敏感。”

“根本就不是我太敏感了！”卡洛琳气愤地喊道。

“嗯，反正有那么一点。”丹尼尔反驳道。

“真是这样的话，那是不是可以称得上是天方夜谭了？人们肯定会想：因为我的状况不佳，所以兽医推测海格力斯需要接受心理治疗。”

“嘿，根本没有人下这种结论。不管有没有人这么想，这本身就是不合逻辑的呀。”

“是吗？”卡洛琳转过头看着坏笑的丹尼尔。

“我特别希望，海格力斯能把我当成你的救星拽到你面前，而不是总随便把一个莫名其妙的家伙带来。”

这下卡洛琳也忍不住笑道：“那确实，我也这么想！”

啊哈，原来是这样啊。也许丹尼尔才是最适合卡洛琳的那个人。我必须马上跟贝克谈谈，我们的计划要进行一次彻底的修正。还有，希望我们的计划马上就能见成效。

十四

“我认为，我们根本没必要再找了：那个男人近在眼前！”

第二天，我非常严肃地向贝克先生说明了在给卡洛琳找伴侣的过程中的最新发现。我们坐在花园里的大树下，享受着温暖的午后阳光。

“这话怎么说？昨天你们先是跟丹尼尔一起去公园，然后又去了诊所，今天卡洛琳一整天都没有带你散步——你是怎么给她找到王子的？”

“非常简单，王子其实一直在我们身边。”

“啊？我不明白。”

“丹尼尔。我觉得，丹尼尔就是她的真命天子。”

“拜托，我不是已经给你解释过了吗，丹尼尔已经出局了。因为在某些重要关头，他表现得太温柔了，刻薄一点说就是，他太孬了。”

“你有没有想过，你的理论可能是错的？我观察了他们一下：他们在一起的时候，第一，空气里弥漫着一股紧张的气氛。我很难描述出来，但是确凿无疑，尽管不易察觉，就像是牧场上即将到来的风暴。”

贝克先生看起来对我的话不屑一顾，还舒服地伸了一个懒腰：“牧场上的风暴？你可真是个乡巴佬，宝贝儿，我真不知道你是怎么想的。”

我没有理会他的异议，继续阐述我的观点：“第二，丹尼尔牵了卡洛琳的手。坐在公园长椅上的时候，他把手从我的后背上伸过去。”

“那又怎样？他俩认识那么久了，你觉得还能有什么其他意思？”

“第三，卡洛琳自己也说了，她宁愿让丹尼尔成为她的救星。”

猫，这下你没话说了吧！

“你要学的东西真不是一点半点，我的狗朋友。人类总是说一套，想一套，做一套。有时候我甚至在想，人类的语言功能简直就是一种浪费，他们从来不用它干点正事。真的，如果人类不交谈的话，将不会有什么根本性的改变。他们从来不说实话。”

“胡说八道。我觉得，你只不过不希望承认自己错了罢了。”

“我不是不想承认自己错了——我就没错。”

我的天哪，他还是这么固执。我叹了口气，不再继续争辩。这只猫的想法根本无关紧要。最重要的是，卡洛琳的生活又恢复正常了，我和男主人、女主人又组成了一个幸福的家庭。我和贝克沉默了一会儿，我决定回到工作室去，尽管卡洛琳有事出门了，但是也许我能和丹尼尔亲昵地待一会儿。

我回来得真是时候，正好赶上奥罗拉风风火火地进门，她正在张牙舞爪地讲述她最近的一场音乐会。显然音乐会取得了空前的成功，她对此毫不怀疑。从我对人类教育的认识来看，这种自吹自擂实在是非常没有教养。老冯·艾舍巴赫如果看到奥罗拉现在的样子，肯定会用责备的眼神盯着她说：“没做什么惊天动地的大事，就不要这么张扬。”他最喜欢用这句话劝告进出城堡的人了。不过话说回来，冯·艾舍巴赫比奥罗拉要老多了，也有可能是他的观点已经过时了。要么只能说，这对于艺术家来说不适用。

“热烈——观众的反应非常热烈，丹尼尔，那天晚上，我绝对超越自我了，可惜你当时没在。”

“对啊，真可惜。下次我一定去——等我把你的新小提琴修复完以后，我保证。”

奥罗拉耸耸鼻子，那动作看起来特别搞笑：“哦，我怎么觉得你是因为小提琴，而不是因为我才去听音乐会的。”

“拜托，这纯属胡扯，奥罗拉，你很清楚，我有多喜欢听你演奏，只不过我前段时间太忙了。”

“要照顾你的女同事，是吗？”

“恕我直言，这跟你没什么关系。”

丹尼尔的语气听起来有点生气了，做得好！

“但是我说的是事实啊！自从卡洛琳和托马斯分手以后，你们两个就出双入对的。我想要约你见面的时候，打电话都找不到你……我并不是漠视她遭遇情感伤害这件事，你们在经营的是一个工作室，而不是一个对遭受心灵创伤的人开放的康复中心。”

“奥罗拉，我们已经认识五年了，在这期间我的工作有什么让你觉得不满意的地方吗？”

“没有，其实我的意思是……”

“那好，那卡洛琳的工作有什么让你觉得不满意的地方吗？”

“你没明白我的意思——我只不过觉得……”

“觉得被忽视了，我明白你的意思。”

“丹尼尔！”奥罗拉的声音都带着一点哭腔了，“你别这么刻薄好不好？我只不过是因为我们联系太少了，感到有点失望，仅此而已。我本来以为你很欣赏我的才华呢。”

哦，我真希望我会用眼睛瞥她！即便没有贝克先生的专业点评，我也能听懂，她的意思绝不仅限于介怀丹尼尔是否欣赏她的才华。但是丹尼尔显然不准备理睬她这句话，反正他又变得温和了。

“咱们别争论这件事了。我虔诚地起誓，下次一定去听你的音乐会，不管是不是因为新小提琴。”

奥罗拉盯着他的双眼立刻闪闪发光，看上去就像一个孩子。哦，不知道人类的男人是不是喜欢她这样的，反正在腊肠狗看来，这实在是够幼稚的。

“哦，谢谢你，丹尼尔！这对我非常有意义！如果到时候又没有成行的话，我准备秋天找个人陪我旅行去下一次音乐会，在意大利。而且我现在要为音乐会挑选几把小提琴，你有什么想法？”

“是吗，你不是已经买到了一把大师级的小提琴了吗？另外，我也没法离开工作室那么长时间。”

“我知道，你不想立刻答复我，但是至少你也没有拒绝我，那我最好还是等等吧。”她轻柔地拍了拍他的胳膊说，“我得走了，我的日程表排得满满当当的。”

她转过身，毫不留情地踩到了我的尾巴尖。好吧，她可能不是存心的，没有踩到太多，而且也不是很疼，但是这样的机会可遇而不可求，所以我立刻惨叫起来，轻轻咬了她一下，动作干净利索。嗯，真过瘾！

奥罗拉爆发出一声尖叫，高高跳了起来：“噢！该死——你在干什么？！”

她盯着我，而我则尽可能地表现得很无辜，又轻轻叫了几声。奥罗拉摸了摸小腿肚——可以很清楚地看到我的几个牙印。

丹尼尔无动于衷地看着："呃，海格力斯的尾巴被你狠狠地踩了一脚，要不然他其实很乖的。"

奥罗拉向上仰头吸了口气，看来起初是准备发火的，但还是忍住了。

"没错，非常可爱，代我问候卡洛琳，下次见。"

她怒气冲冲地离开了。丹尼尔看看我，然后蹲下来，抚摸我的头。

"干得好，伙计。"

"这样好看吗，海格力斯？"

卡洛琳穿上一条及膝的碎花连衣裙在我面前转来转去，漂亮极了，我肯定会这么说呀。另外让我高兴的是，她为了跟丹尼尔的这个烹饪夜的约会挑选了一条印花图案的裙子。贝克先生教过我，这是典型的女性标志。我不由得联想起来：卡洛琳显然想要从装扮上看起来更像女人，这是一个很好的迹象！我在她面前坐下来，摇着尾巴。

"哈，你也喜欢这件吗？太好了，那我就穿这件。头发我是散着还是扎起来呢？"

她灵活地抬了抬手就把长头发梳了起来，然后在头上绾了一个结。我短短地呜噜了一声，散着更漂亮——那样头发更好看，没有哪只狗愿意把他们漂亮的毛藏起来，更何况卡洛琳的秀发是那么柔顺丝滑，作为一只短毛腊肠犬的后代我是多么羡慕啊。这么看来卡洛琳真像是纯正的爱尔兰赛特犬，或者是一只黄金猎犬。她把头发放了下来。

"明白啦，这样看起来更漂亮，不过做饭的话好像有点不方便。"

我歪了歪脑袋。可是散开头发美多了！

"好吧，那我们来妥协一下：做饭的时候我把头发盘起来，等做完了再散开。好，就这么办。谢喽，海格力斯！"

批准。你能采纳我的建议我很高兴。

卡洛琳心情大好，在屋子里走来走去收拾东西。她布置好餐桌，又开了一个恶心的瓶子，把里面的液体倒入另外一个更大的圆形瓶子。一汪红色的液体落入那个容器，非常诱人，这到底是什么东西？真是捉摸不定。我曾经在老艾舍巴赫身边观察过几次，这是一种宗教仪式吗？魔法？还是专为这样一个古怪的夜晚准备的？作为一只腊肠狗来说我不怎么迷信，但是如果这样做有助于促进他们的感情，我也可以认同。我非常期待，面对着贝克那张傻乎乎的脸告诉他，卡洛琳和丹尼尔已经成为一对儿了。

这时候门铃响了，肯定是丹尼尔。哇噻，我真是太激动了！卡洛琳看起来也是，她冲到门边，猛地刹住，在右手边的窥镜里向外看了看，然后在开门前又认真地检查了一下自己。我满怀期待地紧贴在她的高跟鞋旁边，做好迎接的准备。卡洛琳把门拉开，我僵住了——居然是倪娜。不要吧！她来干什么？

“你怎么来了？”

“这个欢迎太隆重了！谢谢啊，我很好，很乐意进去坐坐。”

“等等，现在我不太方便。”

“哦，我看出来了，你已经充分做好准备进入下一段感情了，谁要来？”

“丹尼尔，我们准备一起下厨。”

“哦，是丹尼尔啊。那我待一会儿就走，我没想到你有约会。”

卡洛琳叹了口气，往旁边让了一下：“有什么事这么着急？”

“我发现，马克·瓦格纳不是我的菜。”

“啊哈，你怎么突然换思路了？”

“哦，我马上给你讲。我能不能喝一杯？”她指指刚才卡洛琳灌的那个大肚瓶，“我得先喝点东西。昨天晚上实在是太烂了。”

“但是我真的……”

“谢啦，我真的得喝一杯。”倪娜从柜子里拿出一个杯子，然后倒进了一些红色的液体，喝了一小口，“嗯，味道不错，这酒不便宜啊。有什么特别值得庆祝的事吗？又是给奥罗拉修复了一个价值几十万欧元的小提琴吗？”

“没有，我只不过想跟丹尼尔一起下厨，然后喝点葡萄酒。”卡洛琳生气地瞥了倪娜一眼，但是倪娜并没有看到，因为她正全神贯注地喝酒呢。

“是吗，那你真走运，还好我出人意料地来看你，否则你们两个一整晚可能又要谈工作的事情了。”

我看到卡洛琳正准备说话，但是就在这时门铃又响了，是丹尼尔。

“哦，卡洛琳，你太漂亮了！”他轻轻亲吻了她左右两边的脸颊表示问候。我以前还没见过他们两个做过这个动作——这下我知道了，我的判断是正确的。这时候他看到了倪娜：“噢，你好，我不知道你在这里。”他的声音听上去有点失望，我现在已经非常了解人类了，能听出这些弦外之音。只有倪娜完全没有领会，还很愉快地跟他打招呼。

“我是碰巧来的，本来我是想来过一个女士之夜，不过你可以安静地坐在这边。”她笑道。

丹尼尔挤出一个笑容说：“鉴于目前事态的变化，我很荣幸地接受你的邀请，真是倍感荣幸。”

“不客气。”

倪娜神采奕奕地看着丹尼尔，显然她没有要走的意思。

“咱们吃什么？”

她向厨房走去，卡洛琳看着丹尼尔，耸耸肩。然后两个人跟着倪娜进了厨房，三个人在冰箱前站定。

“我准备好材料做勃艮第红酒烤鸡了。我们要把土豆切丁，同时把鸡放在烤箱里烤。好吧，你们各就各位吧，我把刀给你们。”

卡洛琳，你真是这个世界上最善良的人，这样下去的话倪娜就不可能离开，你和丹尼尔就不可能成为伴侣，而我永远都不可能成为“超级料事如神”腊肠狗了。

正如我所担心的那样：半小时以后倪娜还戳在那儿。不出意外，那只烤鸡散发出非常诱人的香味，她肯定想美美地吃上一口，我不会因此而责怪她，因为我也特别想咬一小口。为了提高我的排位，我悄悄溜到卡洛琳旁边，她正坐在厨房里的凳子上，我把头放在她的膝盖上，尽可能柔情似水地望着她。然而并没有达到预期的效果，因为卡洛琳、倪娜和丹尼尔正投入地聊天，根本没有注意到我的存在。

“也就是说，瓦格纳医生也不是你的理想对象？”

他们怎么一直都在聊那个兽医？最后就得出这样一个结论？恕我直言，我不是很早以前就下结论了吗。喂，倪娜，你要是早点问问我，我早就告诉你了。倪娜又喝了一杯。

“我们已经约会三次了。他每次都表现得很温柔、很风趣，但是除此以外什么都没发生。我们今天本打算一起去海边郊游的，我都还没有等到他温柔地来赴约，就被一个大家庭里一群没教养的小姑娘给阻断了，这太扯了。”

“你不是出了名的喜欢小孩嘛，那场面肯定一塌糊涂。”

我幻听了，还是丹尼尔就是在拿倪娜开玩笑。如果是这样的话，那她应该暴跳如雷了。

“什么意思？不是每个人都梦想着生一大群孩子。我是一个女人，但是我不想成为母亲。”

丹尼尔举起双手妥协地说：“这也很好。那就不要孩子，绝对不要。”

“我跟马克之间绝对什么都不可能发生，这样说来我觉得更没意思了。我要找的不是一个朋友，而是一个爱人。马克不会是个同性恋吧？”

同性恋？那是什么？是害羞的另外一种表达方式吗？

丹尼尔讽刺道：“不是每一个不愿意跟你进一步发展的男人都是同性恋。看看我，我就是个活生生的例子。”

倪娜生气地盯着他。哦，看来那个词的意思不是害羞。

“非常感谢你的暗示，不用担心，我不会有失体统地缠上您的。”

“好的，别再继续这个话题了。”卡洛琳开心地强调说，“我建议咱们还是吃点东西吧。”

这个主意非常好，我马上又流露出腊肠狗那种无邪的眼神，这次卡洛琳有反应了。

“宝贝，海格力斯也饿坏了。我要是早知道咱们四个一起吃晚餐的话，就应该多买点。”

“等等，你不是要把我跟一只狗相提并论吧，不是吧？而且之前也没有人告诉我今晚有如此盛宴啊，否则我肯定会正式申请报名参加的。还是说……”倪娜顿了顿，“还是说你们两个想秘密约会？”

猜对了！我真想大声叫出来，但是卡洛琳和丹尼尔都没有对此做出什么反应。卡洛琳把烤鸡从烤箱里取出来。一股温暖的热气从烤鸡上腾起，扑面而来。哦，味道真好！我用舌头舔了一下嘴唇。倪娜看到了，若有所思地看着我。

“我说，勃艮第红酒烤鸡能给狗吃吗？里面毕竟加了些酒吧。”

喂，这是最后一次！你不请自来，还要从我的那份里分走一部分。真是太没有礼貌了！我对着她呜噜起来。

“嘿，冷静！我只是不想看到你有猫（毛）病[4]。”

这只烤鸡跟贝克先生有什么关系？我必须说点实话：从我的角度看，今天晚上的亮点实在是太多了，这都是倪娜的责任。如果没有那头蠢牛的话，一切都会进展顺利的话，丹尼尔可能早就拜倒在卡洛琳的石榴裙下了，没准他们两个已经接吻了。接下来，我准备拔刀相助，不过我得先填饱肚子再说！

丹尼尔，我们狗类的老朋友，真的端了一个小盘子放在我面前。最美味的鸡肉，没有骨头，也没有肉筋，香味四溢。但是有一点点让我觉得不爽的味道，肯定是那个红色的液体。卡洛琳除了灌入另外那个瓶子里，还往这个肉上倒了许多。这就是他们说的酒吗？为什么说它是有害的？这种液体和卡洛琳入院前喝的那种一样吗？算了，无所谓，胃口战胜了一切怀疑，吃了第一口之后我简直陶醉了，那味道世间难得几回尝。我本来想克制自己不要太狼吞虎咽地吃，好好品味，但是吃了五小口之后梦就醒了，我很认真地把盘子舔干净，一滴美味的酱汁都不剩。

他们几个正在享受着他们的美食，看来想再多要点是不可能了。不过这无关紧要，现在我要展开“为卡洛琳和丹尼尔争取自由”的行动了。我闪电般地跑出厨房，在衣帽间找到了我的牵引绳。我把它叼在嘴里跑回来，直接跑到倪娜跟前，她吃惊地看着我。

“你想要跟我一起去散步吗？”

那当然！我跳上跳下地表示肯定。

“哦，不要吧，我刚坐下来呀。去问问你的女主人，或者最好去问问丹尼尔叔叔。”她坏笑着看看丹尼尔。

4　译者注：原文字面意思是：不想你明天有一只猫。意译：不想你明天头晕恶心。

“明白了，你们想要谈一点私密的闺密话题啊。那好吧，海格力斯，咱们围着这个街区转一圈吧。”

不行！没门！这跟我的设想完全背道而驰！我马上松口把牵引绳扔在地上，然后跑出厨房。可惜丹尼尔完全误解了我的意思，拿着绳子跟着我往门口走去。我呜噜了几声，但是无济于事，丹尼尔穿上了夹克，用绳子把我拴住，两分钟以后我们已经站在公寓前的人行道上了。我很无语地上了路，我们来到公园后丹尼尔清了清嗓子。

“可能跟一只狗说这些有点奇怪，但是你现在是这附近唯一的男人，我现在必须要把自己满腹的灰心丧气说出来。说老实话，今晚跟我想象的完全不同。在我想象中，今晚应当更加浪漫、更加亲密，首先最起码是两个人。倪娜怎么总是阴魂不散地出现在我们的每一次约会里？你能不能告诉我，海格力斯？”

我摇摇头，并且希望丹尼尔发现，这种狗与人的交流是多么具有传奇色彩。

“我也不知道——我本以为今晚的主角应该是卡洛琳和我，但是我发现她似乎很高兴看到倪娜的造访。”

我短叫了一声。

“不是吗？那为什么她什么都没有表示？”

我苦恼地竖起耳朵。我亲爱的丹尼尔，说实话，我也不知道为什么。我也发现，其实她本来是有机会让倪娜离开的。我们沉默地走着。

“但是也许责任在我，我应该更明确地表示，卡洛琳对于我来说不仅仅是一个同事或者普通朋友。否则的话，她可能会永远只把我当成一个温柔的老朋友丹尼尔，我必须要行动了。”

绝妙的主意！我很难让他发现我对此表示赞同，因此只好在他腿边跳来跳去。

“你也这么想，是吗？”他环顾四周，然后开心地笑着说，“有人在看我是怎样跟这只腊肠狗对话的吗？是不是我受到了某种指引？别人肯定觉得我精神不正常。没关系，我们回去吧，然后我要把这个新的决定付诸行动了。”

要的就是这句话！说办就办，回家！

回到公寓以后，倪娜终于走了。卡洛琳正在整理厨房，愉快地跟我们打了招呼。

“你们回来啦！散步好不好玩，海格力斯？你是不是觉得今天晚上太无聊了——我们净顾着说话了，是不是？但是我很高兴你喜欢我们做的鸡肉。”

“我也觉得很好吃，再次感谢你的邀请，要不要再喝点葡萄酒？”

“好呀。虽然我今天很累了，但是还不算太晚。”

她重新从橱柜里拿出两个玻璃杯，挨着瓶子摆在桌上。丹尼尔倒进一些液体，然后给了卡洛琳一杯。

“来吧。庆祝我们俩的烹饪之夜！”

两个人都笑起来。

“哦，倪娜显然做了一个疯狂的决定，忽视我们所有的暗示。但是可能是她太投入于那个兽医的故事了，今天急需从我这里找到一些心灵上的慰藉。抱歉，我没想到会这样。”

“还好，让我见识了一下什么叫闺密，我还以为你觉得倪娜的来访很是时候呢。”

卡洛琳摇摇头，打了个哈欠说：“怎么可能？但是我现在真的想要睡觉了，我明天还有一个外地客户的预约，是上午八点。要不我们再选一天下厨吧——找个隐蔽的地方。”

她站了起来，丹尼尔也是。好嘛，这就是所谓的“我要付诸行动了”。现在丹尼尔要回家了吧，还是什么都没有发生。真见鬼。千万别让贝克先生看到我，他是对的，丹尼尔太优柔寡断了，或者说，太孬了。

他们两个站在走廊里，卡洛琳给丹尼尔把门打开。就在从她身边走过的瞬间，他犹豫了一下，然后重新关上了门。

“卡洛琳，我必须告诉你。我……啊，不……我必须做点什么。”

然后他把双手放在她的肩膀上，把她拉向自己——接吻了，嘴对嘴。可是瞬间又分开了，丹尼尔小声嘟囔了一声“再见”就消失了。

十五

该死！本来我是想给贝克先生讲讲昨晚的事，我本想向他证明我是正确的之后，看看他的面部表情，但是我无法实现了。原本我们早上应该懒散地踱去工作室，然后我就可以偷偷溜到花园里。但是现在我却跟在卡洛琳身后，她抱着一个巨大的箱子，看上去很着急。她回头看看我。

“来，海格力斯，快点！不要每棵树都要去一下！”

她用力地拉拉我的绳子，我不喜欢这样。别这样，别这样对我。我头一扭反抗地坐在地上。

“海格力斯，怎么了？快点，我们要迟到了，我得把这个东西准时送到。”

她又拉了一下，我开始后退。卡洛琳烦躁地叹了口气，把大箱子放在地上。

“你真是只顽皮的腊肠狗！我得工作，才能给你买肉肠吃。我们跟客户约好时间了，人家都在等我们了。”

呸！我不管。你要是觉得我碍手碍脚的话可以把我交给丹尼尔呀。卡洛琳考虑了一会儿，然后在我面前蹲下来。

“海格力斯，小宝贝，乖孩子，快跟上我。我向你保证，很快就能回来，我就去送点东西，然后我们就回家找丹尼尔。拜托！”

我听错了吧，她在说“丹尼尔”这个名字时的音调是不是特别温柔？也许这只是我的幻想，但是因为想到马上就能回来，我的心情就平静了。我放弃了反抗，向卡洛琳走近了一步，她抚摸了一下我的脖子。

“谢谢，宝贝，我会快点结束的。”

没过多久我们就来到了一个大楼的转门前。

“你要不要在外面等着我？”

不要，我不要，我紧贴着卡洛琳的腿。

“那好，我带你进去吧，但是我得把绳子解开，免得缠在门上。”

她弯下腰，把绳子从我的项圈上解开，然后我们连同箱子一起进了门，真是不容易。尽管我很矮，但是身子长，所以走过转门而不被夹住尾巴也是一项巨大的挑战。人类就不会遇到这样的问题，否则他们也不可能设计出这么弱智的东西。那个玻璃门差点夹到我的尾巴尖，不过最终还是进来了。我们走进一个大厅，有许多人走来走去。左侧和右侧分别是柱廊，像极了艾舍巴赫堡的舞厅。

我很肯定自己从来没有来过这里，但是我觉得这个地方似曾相识，不仅仅因为艾舍巴赫堡——我曾经还和卡洛琳一起去过一个和这里很相似的地方。在这个大厅里，有很多大型机器立在侧墙上，从外形上看像是一排组合柜和类似于卡洛琳卧室里的电视的仪器。我看到有人站在这些立柜前面，在屏幕上敲打一番，柜子就会发出一阵铿锵的声音，然后吐出一沓钞票，跟卡洛琳经常随身携带的那种一样，我发现，用它们可以在肉店买美味的内脏，也可以在餐馆喝咖啡。

再往大厅深处走，有一对一对的人分别站在很高的桌子前面和后面，相互交谈，看来这是个专供谈话的地点。可是，我还没有闻到食物的味道，这有点奇怪，人类有目的地碰面的时候，通常都会弄点东西吃。如果卡洛琳遵守诺言，那我们很快就可以离开这里了，这样看来，盖这么个大厅实在是有点浪费。

卡洛琳和一个男人说话的时候，我就在大厅里闲逛，路过的人们都看看我，最后我只好蹲到角落里。真无聊。人类说话的时候真是完全没有时间观念。我要不要慢慢踱到卡洛琳身边拽拽她的裤脚？等等，我怎么找不到她了，她去哪里了？也许我应该去找找她，否则在这里等待的话时间会变得更加漫长。

这时候突然传来“嘭”的一声，非常响亮。我害怕地尖叫起来，向后退回墙角。怎么了？远处高高的桌子周围一阵嘈杂，人们惊慌地跑来跑去。“嘭”，又是一声，有人大声叫道：“所有人都趴下，快点！”

绝大多数人都像是听到了“坐”的命令，纷纷趴到地上。看来这里类似于犬类培训学校，妈妈曾经给我讲过一些。很好的活动！不过我能不能问问，怎么训练。另外，卡洛琳在哪里？她在人群里吗？我慢慢地往前走，尽量不去打扰这场演出。在大厅的最里头我看到了那个大声发号施令的男人。他是唯一一个站着的人——他的手里还拿着什么东西，一边挥舞着，一边继续下达命令。这是什么情况？我尽量不引起他的注意，慢慢走近他身边，好看清楚点。

我走到距离他大约两米的地方，那个男人突然向我转了过来。这下我看清楚他手里的东西了：是一把枪。该死，我听到声音的时候就应该想到的！作为著名猎犬的后裔怎么能如此疏忽大意？这场训练的意义和目的我依然没有搞清楚，因为这个男人看起来并不像个猎人：

他一袭黑衣，另外，也看不到他的脸，因为他头上戴着一顶黑色的帽子，从头顶一直套到脖子，只在眼睛的地方挖出两个洞。太奇怪了。

我被眼前这个有意思的场景弄得有点走神，没注意到我旁边有个男人正在匍匐向前爬。他猛地跳起来扑向那个男人，一把扯掉他头上的帽子，我才弄明白。两个人撕扯着摔倒在地板上，打成一团。太不可思议了！我在这里只待了五分钟，感觉却像是在卡洛琳的工作室待了两个礼拜那么长。没戴帽子的男人很显然正在尽力夺取手枪，黑帽男用尽全力阻止他。他们两个在地上滚来滚去，紧紧抓住对方，分不清哪条胳膊是那个人的，哪条腿是这个人的了。突然又爆发出一声响亮的“嘭”声——显然又开枪了。没戴帽子的男人呻吟着滚到了一边，另外一个人站起来抖抖身子，然后他捡起掉在地上的枪，向刚才的那个进攻者走去——瞄准！

我马上明白这意味着什么：射击。黑帽男要杀死另外一个人！不！我真想大叫起来。这是人类，不是一只兔子！我身上一阵热一阵凉，然后毫不犹豫地从角落里走出来，向黑帽男跳去。在我看来，这一切都有点鬼使神差。我高高跳起，在那个男人开枪之前咬住了他的腿。那条黑裤子的布料不怎么结实，我立刻感觉到布料撕开了，我的牙齿牢牢咬住了他的腿，挂在他的腿上。那个男人剧烈地颤抖了一下，吼叫着把腿抬了起来。我张开嘴，掉在他面前。他把头上的帽子拽下来，怒气冲冲地看着我。

“这是什么鬼东西？谁能告诉我，这只狗怎么到这儿来了？”

突然间，人们从四面八方向我们跑来，那个发号施令的人这时候躺在地上，像是被干掉了。但是让我惊诧的是：那个中枪的男人，刚刚明明还痛苦地在地上打滚，这时候居然坐了起来，同情地看着他的对手。

“妈的，延斯，疼吗？”

“你说呢！”被我咬的那个人把腿抬起来，他的小腿肚上有一块我给他留下的漂亮咬痕，“海伦！我想我需要一个冰袋。”

一个金发飘飘的年轻女人从一个柱子后面跑过来，一个长得很像老艾舍巴赫，一头银色卷发的老人从人群中走出来。年轻的女人在那个叫延斯的男人面前蹲下来，检查伤口，年老一点的先生转向其他人。

“谁把狗带到现场来的，请站出来？”

沉默。

“谁？”银卷发重复问道。

我最好还是开溜吧，因为我的直觉告诉我，这个银卷发非常生气，会对卡洛琳大发雷霆。我还是没有搞清状况，我不是阻止了一次抢劫吗，但是好像没人关心这些——所有人的表现让我觉得好像用枪对着自己的同类是世界上最稀松平常的事情。但是我还没想出怎样才能趁机巧妙地脱身，就听到了卡洛琳的声音：“是我。是我把狗带来的。”

我终于看到她了，她也站在左边的一个柱子旁边。

“非常抱歉，我没有注意到海格力斯跑开了，我还以为他一直在我旁边……”

她还想要继续解释，但是那个男人咆哮道：“您是不是疯了？您知不知道，这个全景旋转镜头要花多少钱？我们每小时花的都是真金白银啊！您居然还把一只调皮的腊肠狗带进来。但愿他没有伤到延斯——没有他我们的所有制作都白费了，他是我们的主角！”他怒不可遏地继续说着，然后深吸了一口气，用缓和一点的口气继续说，“您到底是来干什么的？”

卡洛琳的脸这时候已经煞白，说话的时候声音轻得几乎听不见：“我叫诺依曼，我是来送装武器用的大提琴箱的。海格力斯的事我真的很抱歉，他以为这是一场真正的银行抢劫，想要保护那位先生。”

对！不是我顽皮，我非常乐于助人而且英勇善战！

这时候，那个延斯已经站到我们旁边，好奇地盯着卡洛琳。他不戴帽子看起来帅多了，眼睛就是人类最喜欢的那种蓝色，一头深色的头发，有点凌乱，这当然是因为刚才戴着帽子的缘故。

“算了，罗兰德，我没事，那个小家伙确实咬得不轻，但是我觉得我没问题。”他说着向卡洛琳眨眨眼睛，她也对他报以微笑。然后他在我面前蹲下来说：“你是不是以为我真的在这里抢劫银行呢？你想帮吴维的忙是吗？真勇敢！”

抢劫银行？那是什么鬼东西？为什么延斯和吴维看起来好像是朋友呢？他们刚才不是还拼死搏斗吗？我脑袋里的谜团越来越大，从狗的角度我感到万分费解。银卷发看起来非常不耐烦，他用力地拍了一下手。

“好吧，孩子们。为了让这里恢复正常，我们休息半小时。延斯，把腿抬一会儿。演员二十分钟后就位。我要喝点瑜伽茶压压惊。”然后他又看看我说，“快点让这只狗消失。”

卡洛琳点点头，弯下腰，把我拴起来：“来，趁你还没有制造更多混乱，咱们最好赶快离开。”

我倍感委屈。我到最后都还不知道，自己究竟哪里做错了。因为令卡洛琳受到了那么多责怪，我感觉非常不舒服，因此我乖乖地紧跟着她走了。

她又转向延斯说：“真的非常非常抱歉，我希望您伤得不是太重。如果我能为您做点什么的话，请随时联系我。我对整件事都非常抱歉。”

“没那么严重，诺依曼小姐。您这样关心我，我已经非常开心了，我的伤口也好多了。”

哎哟喂，是不是他接下去就要说“请您快把这只粗暴的动物送到动物收养所去吧”。

延斯在他的裤兜里掏了掏，把一张纸条塞到卡洛琳手里：“您愿不愿意跟我一起吃饭？上面有我的电话号码，打电话给我。”

“太不可思议了！延斯·吴兰德！延斯·吴兰德！全德国最有潜力的演员要跟你一起吃饭！真是太难以置信了！不可思议，不可思议，不可思议！”

倪娜的状态近似疯狂，那个戴帽子的家伙好像是个重量级人物。卡洛琳吃午饭的时候给她讲了上午发生的事情之后，倪娜一刻都没有停下来，几乎不间断地谈论这件事。按照贝克先生的说法，这是人类，特别是女人极度兴奋的最明显表现。我不明白倪娜为什么这么兴奋，本来也没发生什么惊天动地的事啊。延斯身上不可能因此留下一道永远无法愈合的伤口，银卷发也没有再继续骂人，而且最后我们不是也顺利离开了吗，只不过没有把那个大提琴箱带回家罢了。我还是没明白，那把枪和射出的子弹都中了什么邪。延斯确实打中了另外那个人呀，但是那个人怎么又像一只年轻力壮的鹿一样跳起来了？卡洛琳的解释我也不明白：电影，拍摄现场，全景旋转镜头？这都是什么意思？倪娜好像只注意一件事：就是她一直反复提的延斯。太可怕了，这些女人。

“那你有没有给他打电话？”

“别逗了——什么时候打？我从见到他到现在为止才三小时而已。”

“对哦，那你会不会给他打电话？”

“嗯，我不知道。”

“你不知道？我就不明白，你这么年轻，单身，还有什么好考虑的？”

“嗯，就是因为他是个引人注目的明星，以目前的情况看，他绝对不是我的菜。没错，我觉得他确实挺可爱的，但是别的感觉还没有。”

“别把话说得那么绝对，‘挺可爱的’是最冠冕堂皇的一个词。延斯·吴兰德是个真正的男人，引人注目、幽默，而且还很有魅力。”

卡洛琳眨了眨眼睛说：“你有没有考虑过，我现在根本不想找新的男朋友？”

“我觉得这种想法大错特错。但是如果你一定这么想的话——你不必主动去找呀，你可以在白马王子主动上门的时候抓住他啊。”

这真是太有意思了。倪娜真的觉得这个延斯是最理想的类型，但是我不太理解这究竟是为什么。相反——在我看来，他是个不折不扣的“暴力武装者”。好像除了我以外没有人注意到这点，而我则是暴力终结者。还有一句话深深触动了我：卡洛琳不想找男朋友。我们已经找到了最理想的候选人了，就是丹尼尔。这个倪娜真是败事有余：她先是毁了卡洛琳和丹尼尔那个甜蜜的双人约会，现在还教唆卡洛琳和那个愚蠢的延斯交往。没门！她最好还是多关心关心自己的感情生活吧，那就够她忙的了。

我决定干涉这个“延斯”计划。我已经咬过他了，我们之间绝不可能成为亲密的朋友。如果他敢再次出现在我面前的话，我一定要在他身上方便一下，说到做到。

十六

如果女人们长时间地站在她们的衣柜前面，一件件地把衣服拿出来，举到身前，在镜子前面比来比去，以一只腊肠狗的观点看，实在是太可笑了。好吧，我现在知道，人类这样做的意义跟换毛差不多，但是我始终摸不透，换不同的毛是不是有什么固定的标准。为什么昨天穿一条花花绿绿的裙子，明天就要穿黑裤子呢？顺便说一下衣服：长短是非常重要的。因为卡洛琳已经把三件深色的衣服扔在床上了，看起来几乎一样，只是长短不同。她沉默地端详着那几件衣服，然后转向我。

“嗯，你觉得呢，海格力斯？迷你裙、中长裙还是长裤？”

我无语了。我很想给卡洛琳点建议，因为如果她今晚要和丹尼尔约会的话，肯定会发生什么事情。我肯定，今晚他们将会有重大进展。关于衣服的长度，我有生之年却从来没有考虑过。对于我的小短腿来说，考虑那些有点多余——如果腊肠狗穿裙子的话，那必然非常短。不同的裙子对女人来说有什么样的意义呢？我犹豫地在床前跑来跑去。腿露得多点好，还是少点好呢？男人们都是怎么想的呢？

对于狗，特别是腊肠狗来说当然容易多了。有一个叫世界犬业联盟的组织，简称FCI，其中Nr.148/13.3.2001 D号规定的纯种腊肠狗的标准身材是：个头矮小、腿短、身体长、身形结实、肌肉发达、举止活泼、面部表情独特。马肩隆距离地面的高度应与身长的三分之一的比例为1～1.8。

关于短毛腊肠狗的毛发，德国腊肠狗俱乐部1888年曾明确规定：短毛腊肠狗的毛短而密，服帖，上端为硬毛，下端为软绒毛。牙齿旁边有胡须，眉毛浓密。耳部的毛比体毛短，几乎是平滑的。尾部毛与体毛一致，服帖并逐渐变细。

对于腊肠狗来说就是这么简单。我从哪里知道的？作为混种狗，我在艾舍巴赫堡听得实在是够多的了。我没有那么完美，我的腿明显过长，毛发太软，比纯种的短毛腊肠狗要卷曲多了。尽管我的外公发自内心地喜欢我，但是他始终无法原谅自己女儿的外遇。到现在为止，他所有的孙子都是冠军。

言归正传，人类的标准是什么？只要我知道一个，就能想出办法了。比如说跟我解释一下，为什么卡洛琳在跟不同的人约会的时候要这么啰里八嗦地选衣服？如果她现在这样出门，也没什么关系的话该多好。真可惜我不知道标准是什么。否则我就知道，卡洛琳的长腿，是应该藏起来，还是应该露出来呢。我坐下来，认真审视着卡洛琳。在我看来她是个极其漂亮的人类，别的人也这样觉得吗？

“嘿，海格力斯，你看得出神啦？拜托你快点给我点建议好不好？现在情况是这样：我在这条黑色短裙和我刚才穿的那条灰黑色长裙之间犹豫。我不喜欢黑色的裤子，太严肃了，是不是？我外婆总是跟我说，旁观者清——意思就是，每个人的审美观都不同。”

拜托，怎么扯上谚语了？我的外公也总是这样，卡洛琳的外婆显然也拿不定主意，否则也不会说出这种毫无意义的话来。可能人类根本没有明确的标准，但是总该有差不多的吧？我觉得不是每个人都有完全不同的审美喜好。比如说，我不久前和卡洛琳一起看电视节目，节目里有许多女人。在这档节目中，女人们一个跟着一个走过一群评委身边，然后这些评委判断她漂亮不漂亮。当然了，评选并没有这么直接，而是从“特别”到“一般”分为几等，但是意思是一样的。那些得到极高评价的女人都会得奖——首席评委会说“你可以去当演员了”，得到如此评价的女人总是兴奋得不能自已。对那些较差的女孩说，很遗憾，你被淘汰了，她们就哭了。什么叫淘汰？太费解了。这跟饲养有关吗？这只是我的猜测。刚才要说什么来着？对了，旁观者清，人类也是这样，那我得好好想想。

好吧，牛仔裙还是短裙？哪个更好？我歪歪头，想让卡洛琳分别穿上给我看看。卡洛琳高兴地对我点点头，拿起了那条短裙。

“你觉得延斯会觉得哪条更漂亮？”

延斯？！卡洛琳根本不是要去和丹尼尔约会？这个坏消息一字一句地打击着我，我痛苦不堪地号叫着滚到一边。

“海格力斯！”卡洛琳大叫道，“你是不是又发病了？”

她扔掉裙子，向我蹲下来，轻轻抚摸我的头。我突然灵机一动，如果我生病了，她肯定会取消跟延斯的约会。于是，我故技重演那段最拿手的桥段——我在地上翻滚，号叫，并浑身颤抖、痉挛。卡洛琳吃惊地看着我，然后跳起来跑出卧室。呼，暂停。这段表演太惊心动魄了。我清楚地听到卡洛琳在给倪娜打电话。

“倪娜？你有没有马克·瓦格纳的私人电话？海格力斯又发病了，门诊的时间早过了……”停了一会儿，“谢谢，我打给他。”

她拿着电话又回到卧室。这时候我正脚朝天躺着，偶尔抽搐一下，我想我的那个样子肯定特别令人触目惊心。

“瓦格纳医生吗？我是诺依曼，就是倪娜的朋友，我养了一只腊肠狗。不好意思打扰您了，但是海格力斯刚刚发病了，现在躺在地上，没什么反应了。我很担心……”她又在我身旁跪下来，“哦，对，您要过来吗？真是太好了。海威提亚街12号，是一栋比较大的青春艺术风格的房子。对，一会儿见。”

她话音刚落，又拨了另外一个号码：“延斯吗？我是卡洛琳。非常抱歉，我知道这很无礼，但是我的腊肠狗刚刚又犯了癫痫病，兽医马上就要过来。我们可不可以约到另外一天晚上？如果今天留海格力斯自己在家的话我不放心。啊？谢谢，我明天再给你打电话，再见！”

要不是佯装生病，我这时候肯定跳起来欢呼，庆祝胜利了。如果那样的话我的计谋就不能得逞了，还是算了。我继续像刚才那样躺在床前的小地毯上，时不时哀叫一声。卡洛琳一边抚摸着我，一边念念有词。我是不是应该安静下来？这时候门铃响了：瓦格纳医生。又是那个我最不愿意见到的男人，但是为了不让延斯破坏我为卡洛琳和丹尼尔设计的发展局势，我可能还要让这位兽医多给我做几次检查。从这个角度讲这也不失为一件好事。

卡洛琳把他请进屋，然后带着他走进卧室：“谢谢您这么快就来了，他状况特别不好！”

瓦格纳提着一个箱子，放在我旁边：“嗯，我来看看我们能做点什么。”

他坐在我身边的地板上，从箱里掏出一支粗棒，把它对准我的眼睛——一道强光射向我。

“瞳孔反应正常。”他又直起身子，“嗯，就目前状况看，看情况海格力斯不像是癫痫病。否则他的瞳孔应该放大，即使用强光照射也不会缩小。好吧，为保险起见我们可以给他做个脑电波检查，但是我觉得没这个必要。以海格力斯一向的表现看——这个反应另有原因，不过我还没想明白。”

他又在箱里翻了翻，拿出一个金属的东西，上面接着两根线和一个像夹子似的东西，然后他又坐到我身边，把夹子塞到耳朵里，然后把一个圆形的金属物放在我的胸上，认真地听起来。

“心跳听起来没有异常。心率也完全正常。”他把夹子拔出来，“心律不齐也有可能是导致这个症状的原因。设想一下，心律不齐会导致大脑中的血压下降，由此引发晕厥和抽搐。”他抚摸着我，“好在这个症状已经消失了，通常来讲应该会持续一阵直到心率恢复正常为止。海格力斯，你到底是怎么了？”

卡洛琳担心地看着我说：“他是不是得了什么更严重的病？”

她的声音听上去很紧张，于是我决定恢复健康。我不想表现得过于夸张，于是站起来，抖抖身子。

“诺依曼女士，你看海格力斯，他看上去非常健康。为保险起见，我们下周可以在诊所给他做一个从头到脚的全身检查，但是我还是要说，以我目前做的检查看，他的健康没有任何问题。以我兽医的直觉看，海格力斯的状况没有我们想象的那么糟，您可能是过于担心了。”

呜噜，你这个叛徒，闭嘴，别再继续分析了！卡洛琳要是知道这都是我的表演的话，肯定会生气的。我决定，有机会好好整整这厮。我觉得瓦格纳肯定跟踪我了。

“您不是说过您认识海格力斯从前的那个养殖场吗？如果您能帮我询问一下有关他以前的情况，我就更放心了。”

“好的，您刚好提醒我了。我下周要去，到时候打听一下。不管怎样，现在请您放心吧，海格力斯没有大碍。”他从地面上站起来，拿起他的包，“好吧，我现在要走了。您今晚还有约会吧？看样子像是在举办一场小型时装表演。”

卡洛琳笑着站起来说：“您说对了，不过如果您愿意的话，我们可以喝一杯葡萄酒。怎么说您也是牺牲了业余时间，我想要谢谢您。”

瓦格纳有点犹豫。走吧，年轻人，撤退吧——卡洛琳只不过是在跟你客套，你留在这里真的一点意义都没有！

“但是您不是还有约会吗，我就不打扰了。”

感觉很敏锐嘛，瓦格纳。回见！

“正好相反！我很高兴您能留下来，反正我晚上的约会也已经因为海格力斯取消了。”

“那我就不客气了。”

哦，不！才出狼穴，又入虎口！算了，至少瓦格纳对于丹尼尔来说构不成威胁，这可能是他唯一的优点了。卡洛琳笑着看着他说：“你可以叫我卡洛琳。”

“哦，谢谢！我的名字叫马克。”

卡洛琳点点头说：“我已经知道了。”

他们两个都笑起来——我觉得气氛有点尴尬。

“走吧，啊，你先去客厅怎么样？就在大门的正对面。我马上换件衣服。”

“不用了——我觉得你看起来非常迷人。”

卡洛琳尴尬地笑道：“那好，如果你能忍受我穿牛仔裤配肥上衣的话，那我就不换了。”

“放心，没问题。”

从瓦格纳拿起他那个讨厌的箱子到走出房间，坐到我们家客厅的沙发上，总共用了不到两分钟。我垂头丧气地趴在他们前面观察，卡洛琳从柜子里拿出两个酒杯。她真是太善良了，为什么她不让瓦格纳走呢？不会重演“醉酒事件”吧？说实话我非常不高兴——但是有时候人类就是特别无聊，比如说喝红酒。卡洛琳又是把液体从一个瓶子倒入另一个瓶子，然后再从第二个瓶子分别倒入两个杯子里。如果我走运的话，他们可能会很快把酒喝完，那么瓦格纳医生很快就会离开了。可惜这种情况极不可能出现，最有可能的是，他俩一直坐在沙发上聊一些生活琐事。一言以蔽之：光动嘴皮子。如果把瓦格纳医生换成倪娜的话，那话题就几乎全是有关男人的。我觉得那个话题我多少还比较感兴趣，因为我能够从中了解一些对丹尼尔有利的事情。但是瓦格纳医生和卡洛琳的话题就完全不同了，是人类最喜欢做的事：工作。或者是：往事。我开始哈欠连天了。还有一个热衷讨论的话题：上述两个话题的结合，工作加往事。他们希望回到童年却无论如何也做不到，仅仅是讨论这样的问题，就能耗掉一小时的时间。真是让我费解，人类为什么始终都热衷于做相同的事情呢？不过在这点上，人类总是沉迷其中。那将来呢？这是我作为一只理智的狗想要问的问题。换句话说：喝红酒就是因为找不到其他更好的方式来打发时间，还有一些人觉得围着旁边的公园跑上几圈更舒服。

我深深叹了口气，把头搭在前爪上。卡洛琳和瓦格纳的声音越来越小，渐渐变成了模糊的背景音，我则在想怎样才能让丹尼尔捕获卡洛琳的芳心。我能不能把他们两个锁在一个隐蔽的地方，让他们彻底独处？然后顺其自然。但是怎么做才好呢？

我必须跟贝克先生开个紧急会议。猫类素以谋略家出名，他肯定有办法。这太悲剧了——他们俩之前明明那么亲密的！如果倪娜没有来的话，他们俩肯定早就在一起了。但是从那天晚上以后，丹尼尔和卡洛琳只在工作室偶尔见面，而且绝大多数时候还有客户在，当然不会有什么进展了。这期间我不用贝克先生的指导，自学到了一件事，在确认伴侣关系的过程中，人类总是表现得非常羞涩。不过一旦有其他人在场，丹尼尔和卡洛琳之间这种有意思的紧张气氛马上就消失了。我在公园里做了类似的观察：那些小情侣们接吻的时候总是站在距离人群略远的地方，或是坐在一张没有其他人的长椅上。人类喜欢在轿车里接吻，几乎不在超市里接吻。在卡洛琳和倪娜经常碰面的那个座无虚席的咖啡厅里，基本上没发现长时间拥吻的情侣。他们随时随地都可以接吻，但是没有任何明确的像上次我和贝克看到托马斯和另外一个女人那样交配的迹象。在这一点上，我们狗类显然更加果敢。一只公腊肠狗如果看到一只心仪的母狗，即便是隔着一条马路，即便是路上有许多行人，也无法阻拦他冲过去。看来人类还是比较害羞的。

这时候卡洛琳和瓦格纳还在讨论工作。我得说：我终于开始慢慢了解这些两条腿行走的动物了。瓦格纳对自己的工作经历事无巨细的描述已经让卡洛琳有些不耐烦了。

“我终于觉悟，我想要成为一名兽医。于是我就从人类医学转学兽医学。尽管我曾经发誓，绝对不做跟我父亲一样的工作，可是现在我居然还接手了他的诊所，还住在他曾经住过的房子里。一开始感觉很奇怪，但是后来我慢慢发现，这是我人生中最好的选择，这工作让我感觉很幸福。”

谁对这些感兴趣啊？反正我不感兴趣。希望卡洛琳只不过是在跟这个讨厌的自大狂客套。好吧，我承认，我应该对他的出现承担一些责任，但是瓦格纳的使命已经完成了，延斯和卡洛琳的约会已经泡汤了，瓦格纳已经多余了。他应该马上把杯子里的酒喝完然后快点离开。卡洛琳肯定在琢磨怎么才能最委婉地把他从屋里赶出去。

“你能遵循内心的选择真是太棒了，就应该这么做。你要不要再喝一杯葡萄酒？”

我是不是听错了——再来点酒？从表面上看卡洛琳并不像我想象的那样厌恶瓦格纳。不用说这肯定是出于礼貌，难不成她真的觉得他的故事很引人入胜吗？

卡洛琳把两个杯子都倒上酒，然后坐在瓦格纳旁边说：“我也是住在我的工作室楼上。倪娜总是说，如果她要是工作和生活都在同一个屋檐下的话，肯定会疯掉的，但是我觉得这样很好。”

瓦格纳点点头说：“没错，我也这么觉得。你为什么开这个工作室，这个工作好像挺特别的，还是说你也是因为家庭原因？”

卡洛琳摇摇头说：“不是，一点关系也没有。我爸爸是律师，妈妈是家庭主妇，我还没上大学的时候就想要成为一个弦乐器制造师了。你知道，我爱音乐，经常拉小提琴，还特别想做点手工艺方面的工作。然后我就在一个弦乐器工作室实习，于是我发现：这就是我想要的！”

卡洛琳神采飞扬，瓦格纳认真地看着她。他看着她的样子就像是一只狐狸盯着一只鹅！他该不会是想要把我的，还有丹尼尔的卡洛琳据为己有吧？

他清清嗓子说：“我有一个想法。你有没有兴趣下周跟我一起去听一场音乐会？我有两张音乐厅的票，还没有人陪我去。”

卡洛琳有点犹豫。确实，要立刻拒绝她狗狗的救命恩人并不怎么容易。

“这……我，嗯……”

别犹豫了，卡洛琳！就趁这个时机，把这厮轰走。

“求之不得！”

十七

“小伙子，你不要操之过急，算了吧。”好吧，良药苦口，不过我不会这么快就放弃。如果我这么容易就被这只上了岁数的老猫的意见左右的话，那我就不是卡尔-里奥波德·冯·艾舍巴赫了。我们又坐在树下的那个老地方，我刚给贝克更新了一下这三天以来卡洛琳与几个男人间的误会和迷茫。

“相信我，贝克先生，当时就是那样！你没看到他们两个——最后丹尼尔还亲了她，那肯定有深意。”

“对，那表示丹尼尔非常爱卡洛琳，但并不表示她也爱他，否则她就亲他了，而不是他亲她。”

我慢慢开始生贝克的气了：“你这完全是咬文嚼字——谁亲谁有什么区别吗？都一样——他们互相亲吻了对方。”

“这只能说明你不懂，这区别大了。我告诉你，丹尼尔就是一头可怜巴巴的小猪，一直在很远的地方受着思念的折磨，而且就像你说的，倪娜总是从中作梗。”

“真是太倒霉了。靠他自己肯定不行，所以我们必须帮帮他——他只不过需要一个机会，一个和卡洛琳独处的契机。”

“唉，你省省吧，海格力斯，如果一个男人要指望一只肥猫和一只短腿的混种狗帮忙向一个女人表白的话，那还是让他绝望死吧。他绝对是个不折不扣的失败者，成事不足。我要说的就这么多。”

我感觉到怒火在我身体里慢慢升起来，火药味十足地对他说：“马上收回你的话！马上！否则你以后别想跟我做朋友了！”

“真是，抱歉。抱歉叫你混种狗。”

“不是因为这个。”

“好吧，抱歉叫你小短腿，这下满意了吗？”

“我是说你所谓的失败者，他不是一个绝望的失败者，他是个非常善良的人，是对我非常重要的人，他是我的朋友。”

贝克先生眨眨眼睛说：“你们狗类总是有那种‘人类是朋友’的蠢想法！现在我明确告诉你，狗不是人类最好的朋友，反过来也不是。丹尼尔是人类，人类最好的朋友只可能是人类。即使一个人找不到其他人类当朋友，那也不代表他会和一只动物做朋友。无论何时，有个人跟你说话或者毫不掩饰地讲述他的故事，他绝对不是对你说的，而是说给自己听的，他只不过是在自言自语啊，明白啦？他是为了不感到无聊和寂寞才会跟你说话的。在这种时候，你的作用就像是陪着傻瓜虎皮鹦鹉的那只小塑料鸟，你就是个替代品，就这么简单。别在那儿跳着脚地说什么‘别这么评价我的朋友丹尼尔’了——太可笑了。”

如果我会哭的话，我真想号啕大哭。我有这么个和我意见大相径庭的朋友，真是欲哭无泪啊。我没想到贝克先生会如此世俗，但是我慢慢明白：贝克先生可能只是把他了解的跟人类有关的知识综合起来了，其实他根本不理解个中深意。我们当然可以把人类当成朋友，丹尼尔跟我说话，至少和住在二层的那只值得同情的虎皮鹦鹉对着那只塑料鸟叫唤不一样。丹尼尔不是跟我说话，而是和他自己。我知道，我也有这种感觉。好吧，人类有的时候的确特别冷漠，比如托马斯。但是同时他们又拥有许多出众的特质，他们有感情，有同情心。他们会为别人快乐，为别人悲伤。当朋友生气的时候，他们也会跟着气愤。他们还会爱，甚至是爱我这样一只小狗。我永远不会忘记我坐在箱子里离开艾舍巴赫堡时艾米利亚的眼泪，因为她知道再也见不到我了。卡洛琳是我的朋友，丹尼尔也是我的朋友。我非常肯定，现在必须让他俩凑成一对。我现在犹豫的是，我还要不要和贝克合作。看情况还是不合作比较好。于是我转身就走，把贝克晾在那里。

“嘿，小子，别这么快就跟我决裂了！我并没有恶意！”贝克在身后叫我，但是我假装没听到，继续往前走。贝克跟了过来：“我也很喜欢丹尼尔，但是我们得现实一点。嘿，别走了，海格力斯！”我已经快走到落地窗前面了，“卡尔-里奥波德！对不起！”

好吧，看来他是认真的。我站住了，我不想让他觉得我固执和小气。贝克先生围着我转了一圈，最后坐在我面前。

“我本来不想伤你的心。如果你坚持让这些人走进你心里，那是你的事情。他们的确特别喜欢你，可能我只是羡慕嫉妒恨。”

我歪歪头。好的，这样听起来舒服多了。

“但是我坚持一点：如果卡洛琳不爱丹尼尔，那我们俩也无法改变。人类非常理性，人心也很难改变。我想告诉你的是：即便咱们俩都知道丹尼尔是最适合卡洛琳的那个人，我们能做的事情也非常有限。我们只能尽量给他们俩创造独处的机会。”

哦，这段话依然是那么直白，尽管如此，我还是不想放弃。

“没错，但是我们并不知道卡洛琳到底喜不喜欢他，因此我想，我们至少应该再试一次。如果不成功的话，我就金盆洗手，我发誓！”

贝克先生叹口气说：“天哪，你真是固执。我觉得她最近跟演员和兽医的约会正说明她不爱丹尼尔——但是这只是我的个人观点。我们开始行动吧，计划是什么？”

“我还没想好。”我放低了声音说，“所以我才来问你，因为你是个谋略家。”

贝克先生坏笑着在我面前伸展了一下四肢：“没错，我就是谋略家，谋略家就是我，容我考虑一下。”

工作室今天并不忙，丹尼尔和卡洛琳时常沉默地站在他们自己的工作台前给那些木头玩意儿拧螺丝或是刨木头，真无聊。另外我感觉他俩之间的气氛不仅仅是暧昧了，还有一种怪怪的紧张感。卡洛琳今天仔细端详了丹尼尔好多次，丹尼尔也经常趁卡洛琳不注意的时候偷偷地看她。真搞笑。可能贝克是正确的，我们在实行计划之前还是再好好想想吧。

丹尼尔清清嗓子说：“卡洛琳。”丹尼尔从工作台后面走出来，走到卡洛琳面前。哈！终于进入主题了！

“怎么了？”

“啊，你那边还有松香吗？我这边没有了。”

这是什么情况？松香？我都不知道那是什么东西，但是我非常肯定，那意思肯定不是“我爱你，我能吻你吗”。

“是，我还有。给你。”

晕倒！伴随着一个沉闷的声音，卡洛琳递给丹尼尔的盒子和里面一块透明的棕色东西一起掉在了地上。卡洛琳蹲下来去捡那个东西和小盒子，丹尼尔也弯下腰，有一瞬间他俩的距离非常近，几乎是脸贴脸了。来吧！丹尼尔，快做点什么！我真想大喊出来。遗憾的是我充其量还是像往常一样想想而已。而实际上，腊肠狗和人类之间真的有心灵感应：丹尼尔伸手去抓卡洛琳的手，而且紧紧握住了。

“卡洛琳，你是不是有什么顾虑？”

卡洛琳看了丹尼尔一眼，然后又望着地板。

“不，就是，我……”

丹尼尔叹了口气说：“我早就知道，我早就知道这么做是个错误。”

丹尼尔放开了卡洛琳的手，坐在卡洛琳旁边的地板上。两个人沉默了好一阵，然后丹尼尔碰了碰卡洛琳。

“嘿；卡洛琳。算了，别太当回事儿。你不用跟我解释，我没事。那天晚上你太漂亮了，我也有点醉，我没有别的什么想法。”

卡洛琳点点头说：“是啊，那个瞬间真的很美。但是现在……”

“现在回想起来感觉怪怪的，我明白。”丹尼尔接着说，“你在问你自己，跟我这个老朋友成为情侣是不是个好主意。”

卡洛琳点点头。

“看来还是不行。”丹尼尔继续说，“尽管咱们两个交往是一个很好的设想，但现在还不是时候。”

“你不生我的气吗？”

“不生，因为我也有相同的想法。从现在开始，咱们不要再这样尴尬地回避对方了，就这么说定了！”

丹尼尔笑了，然后卡洛琳也勉强挤出了一点笑容。

相反地，我却想要大叫，我的计划！嗯，没错，那还是个未成型的计划！我真想让丹尼尔成为我的男主人，卡洛琳做我的女主人，组建一个真正的小家庭。最糟糕的是：现在要从头开始找了，并且我们还要冒着碰到托马斯那种傻瓜的危险。在这一点上我曾经非常坚持，丹尼尔绝对是最适合卡洛琳的男人。等等，不是“曾经”——我一直非常坚持，他是最适合的人选。但是贝克先生说得对：如果卡洛琳的心无法认识到这点，那一切都没有意义。我垂头丧气地又向落地窗走去，想向贝克汇报我受到的打击。如果他真的是我的朋友，而且刚才是真心实意对我道歉的话，那可能会给我点安慰。

就在我刚要迈出落地窗的时候，工作室的门铃响了。本来我总是会冲向前欢迎我们的客人，但是现在我的情绪非常低落，一时还无法重新振作。没准又是那个总对丹尼尔暗送秋波的讨厌的奥罗拉。门铃又响了一遍，我当然特别好奇。但是另外一边是屋外明媚的阳光，想象着和贝克先生一起躺在我的大树下面，跟他控诉我的悲惨经历，小草轻抚着我的肚皮，这个情景真是太有吸引力了。但最后还是好奇心更胜一筹，我快步向门口跑去。

卡洛琳已经打开了门。一个穿着棕色制服的男人站在走廊里，把一个小箱子塞到卡洛琳手里。

“您是诺依曼女士吗？请在这里签字。”

卡洛琳把箱子放到地板上，腾出手签字。我好奇地凑上去闻了闻。嗯，很可口的味道，里面到底是什么呢？卡洛琳把箱子抱到她的工作台上，我小跑着，一直在她脚边跟着。

“是给你的东西吗？”丹尼尔问。

“是的。”

“是什么东西？”

“不知道，我没有订过。”

“那是谁寄给你的？”

“我看看——是……”她顿了顿，“是延斯·吴兰德。”

丹尼尔耸耸肩说：“我不认识，是客户吗？”

“算是吧，他是电影摄制组的，我最近借大提琴箱给他们来着。”

“啊，那可能是你落了什么东西在他们那儿。”

“嗯，可能是。”

就我个人而言，我根本不信。我当时也在那里，而且我非常确定，我们是拿着所有带去的东西离开的。当然，除了那个大提琴箱，但是这个箱子里肯定不是，那个大提琴箱太大了，而且味道也不一样，至少没有这种可口的味道。里面到底是什么东西？我用两条后腿站起来，够着卡洛琳的膝盖，我真是快好奇死了。

“嘿，宝贝儿，你这是怎么了？怎么这么淘气呢。”

“啊，是不是这个延斯给你寄了一千克可卡因，海格力斯有缉毒犬的天赋呢？”丹尼尔讽刺道，“大家都知道这些娱乐圈的人是怎么回事，近墨者黑。”

卡洛琳摇摇头说：“一包可卡因？送给一个仅有一面之缘的人也太贵了吧？不过到底是什么呢？”她用一把刀子划开了小盒子上面的胶带，“这里还有一张卡片，我看看。”

她看了看然后笑起来。丹尼尔走到她的工作台前，越过她的肩膀看着卡片。她向前迈了一步，想离他远一点，他突然以迅雷不及掩耳之势把卡片从她手上抽了出来。

“嘿，你干吗？你怎么偷窥他人的信件？肯定不是给你的。”卡洛琳的声音听起来有点紧张，但是丹尼尔只管自己笑。

“哈，亲爱的，看来这个也不是给你的。这写得很清楚：亲爱的海格力斯！”

什么？写给我的卡片？我马上跑到丹尼尔跟前，这是我平生第一次收到卡片，我太激动了！但是有一点奇怪，谁会给一个根本不识字的狗写信呢？我坐在丹尼尔面前，满怀期待地望着他，他马上明白了我的暗示，读起来：

“亲爱的海格力斯，我希望今天你好多了。为了使你尽快康复，我给你选了一些顶级肉肠，味道肯定特别好。如果你恢复健康的话，请一定通知我。诚挚的问候：延斯。”

哦，如果忽略那把枪的话，他肯定是一个好得不能再好的人了。我太激动了！难怪那个箱子里传出来的味道那么可口，我真想马上尝尝那个肉肠。

“这个延斯怎么会觉得海格力斯生病了？”

“啊，他突然又发病了。”卡洛琳的音调听起来有点奇怪。

“你们在银行的时候？”

“对，连转门都停了。”

嘿！不是这么回事！卡洛琳在说什么呢？

丹尼尔担心地看着我说：“哦，这可不太好。你有没有给瓦格纳打电话？他上次不是说要问问那个养殖场来着吗？”

“确实是，我怎么就没想起来呢。我晚点给诊所打个电话。”

哈。看来她也不想告诉丹尼尔瓦格纳医生给我急救的事——这也让我觉得非常不可思议。在这简短的两句话里就有两个谎言，我觉得我突然间不认识卡洛琳了，丹尼尔也变得陌生起来。好吧，她的确是不想让他成为自己的伴侣，但是他至少还是她的朋友啊！她为什么要这么做？

这不禁让我想起了老冯·艾舍巴赫作的一个名为“欺骗”的报告。他认为欺骗是人类最大的人格缺陷之一，甚至可能是最大的。谎言源于贪婪。“欺骗和谎言都是弱者的标志！”他总是这样说，“勇敢的人诚实，欺骗是懦弱的姐妹。”用朴素的腊肠狗语言概括起来就是：坏人说谎，好人真诚。

当然我们也要体谅那些坏人，因为他们有时候并不是故意说谎的。如果是这样，只能说他们很狡猾。我不太确定，现在究竟是哪种情形。但是换句话说：说谎的人都很狡猾，不管怎么说他们都是坏人。在我看来，如果卡洛琳没有说谎的话，那她毫无疑问是个好人。但是如果她刚才不是在说谎，又为什么会说那些话呢？也许她生病了，把延斯和瓦格纳医生的事情都忘记了？

就在我思考这个难题的时候，卡洛琳把一个装满肉肠碎块的碗放到我面前。我马上狼吞虎咽地吃起来——太美味了！我们应该凑近了好好看看这个延斯。也许我破坏他和卡洛琳的约会是个错误，他的一系列表现说明他是个资深的狗类专家，或者至少说是狗类的朋友。我又吃了两块，真好吃！我又想，也许他们两个昨晚约会了，我就不会收到这些肉肠了，这么看我的破坏就算不上错误，最多也就是绕个小弯。

“好的，我听明白了：丹尼尔已经无可挽回地出局了，而这个希望很大的新候选队员名叫延斯，是个资深的狗类专家？”

“没错。”

“你也不过如此嘛。”

“什么意思？”

“你也太好收买了，之前你不是还嗷嗷叫着说，丹尼尔是你的朋友，所以我们必须帮助他什么的。现在呢？那个不知道从哪里冒出来的演员才给你送了点儿肉肠，你就把丹尼尔扔到脑后去啦。为什么全世界都觉得狗的忠诚如金子般宝贵？”

贝克先生鄙视地摇了摇头说：“我还以为你要给我说说你的完

美计划呢，谁知道你居然跟我提这个该死的肉肠，真是浪费我的时间。”

“但是，但是，”我结结巴巴地小声说，“你之前不也说你不相信丹尼尔和卡洛琳会成为一对儿吗，我只不过想告诉你，你说得太对了，你干吗要跟我生这么大的气？”

“也许是因为被我猜中了，所以有点伤心吧。或许我一直都期望你能够坚持，也希望一只猫和一只腊肠狗可以比我之前想象的做得更好。不管怎么说你的乐观精神已经打动我了，如果他俩成为一对儿，我会很高兴的，没想到是这种结局！”

我垂下了头，小声地说：“对不起。”

“如果我没理解错的话——你也承认丹尼尔和卡洛琳仍然会有进展，只不过你这时候有点偏向延斯！”

“我觉得延斯挺好的！我很高兴他这么关心我，而且这也是我平生第一次收到人类给我写的信！”

“心地真善良，你也太天真了！他根本不是关心你！他只不过想要给卡洛琳留下好印象！没你想象的那么单纯，他就是想跟卡洛琳约会。”

“你觉得是这样的？”

“这动机非常明显啊。丹尼尔说什么了？他心情肯定不好，刚遭到拒绝没想到马上就有人做好准备取代他了。我觉得有必要让他知道昨天卡洛琳本来要跟延斯约会的。”

“对了，我觉得很奇怪，关于和延斯约会的事，卡洛琳只字未提，只是提了我‘生病’的事。她说我在银行里就摔倒了，而且延斯也知道这件事。”

“啊哈，一个应急的小谎言。”

“应急的谎言？”

“想想看，卡洛琳是不想用这个肉肠的故事伤害丹尼尔，他毕竟是她最好的朋友。”

“为什么要说谎？欺骗不是不好的行为吗？我前一任老主人经常这样告诉我。”

“通常意义上来讲他说得没错，应急的谎言也是谎言。但是人类有时候撒谎是因为他们不想伤害别人，这种谎言并没有恶意，可以划分到‘掩饰’的范畴。”

我的脑袋一片混乱。谎言，应急谎言，掩饰——这有什么区别？

“但是为什么丹尼尔会被伤害呢？他自己不是说了，他觉得那个吻也有些不妥。他还说，现在一切都恢复原样。”

贝克先生摇摇头说：“海格力斯，我还以为你对人类的了解已经有所进步了。这是一种心理，没有一个人类愿意承认自己的窘境。他们经常这样说以表示自己很好。我不是跟你说过——你爱的人永远无法知道你有多爱他，这是一个永远无法改变的定律。”

我感到很不安，在这点上，贝克先生可能又是对的。人类的感情生活一片混乱，我并没有觉得有多吃惊。他们的那些规律全都荒谬不已，狗类永远都不会有这种胡思乱想。

十八

今天一整天都波澜不惊、无聊至极，真是太慵懒了！我在工作室里躺在我的小垫子上，时不时到花园里巡视一圈，然后再回到垫子上小憩一会儿，唯一能让我觉得幸福满满的事莫过于漂亮的食盘里装满了动物内脏。我反复考虑，是否应该忽略越来越强烈的饥饿感——其实我是懒得跑到卡洛琳身边催促她给我喂食。但最后我的肚子咕咕叫得很大声，让我无法依靠理智忽略。我翻身站起来，跑到卡洛琳身边，她正坐在写字台前，我用鼻子拱拱她。

“到了你的吃饭时间啦？”卡洛琳看看手表，“但是你还得再忍耐一下。我们还有点别的安排。”

不是吧！我饿死了！必须现在吃！我又用鼻子拱了拱卡洛琳，她笑着抚摸我的脖子。

“再等等，海格力斯，我们还有点事要做，你也喜欢的。然后我再给你东西吃。”

嘿！我什么也不想做！我现在就想吃动物内脏，吃完以后我还要继续休息呢。我们昨天本来可以好好玩耍一下的，昨天我特别想要呼吸新鲜空气、逮兔子、捉虫子，但是卡洛琳就只是带着我一起到公园里去散散步，她太忙了。“明天是周六，到时候我就有时间陪你玩了，我保证。”她以为这些话就可以打发我了。可是乐不逢时就乐不起来了，怎么人类就不明白这点呢？

我慢慢地向垫子踱去，本来刚才我心情很好的，一瞬间就灰飞烟灭了，我备受打击地把头放在靠垫上。我们总是做卡洛琳喜欢做的事情，这太不公平了。这时候我肚子里的感觉已经从一种健康的食欲升级为一种无法忍受的饥饿，我开始嘶噜。卡洛琳应该渐渐意识到，自己正在走近虐待动物的边缘。

“别捣乱了！”她的房间里传出冷酷无情的声音，“我们马上就出发。我们还要从公寓里取点东西，然后就可以走了。司机差不多三十秒之后就会把车停到门口。”

“司机？”这让我再一次心潮澎湃起来。这个词我已经有好几个月没有听过了，这让我想起了过去的日子。艾舍巴赫堡当然有司机，老冯·艾舍巴赫特别不喜欢自己开车。“我的视力下降了，开车的话会给公众造成危害。”他在等车的时候总喜欢这样解释，然后他的轿车就会带着他去狩猎协会。随从这时就会问，跟着冯·艾舍巴赫去狩猎是否合适。就我所知，从来没发生过什么事情，这可能只是那些人对自个司机吹嘘时一种高雅的表达方式吧。

门铃响了，卡洛琳从我的垫子旁边走过去开门。门外站的是延斯！

“早上好，卡洛琳。早上好，海格力斯！”

我必须承认，没戴黑色帽子面具和武器的延斯看起来友善多了。

他在卡洛琳的左右两侧脸颊上分别亲了一下：“来吧，你们两个准备好去野餐没有？”

“准备好了，我要把篮子从上面取下来。我做了一些冷餐，等我打包一下。”

她跳着跑上楼，我站在延斯旁边。

“你恢复健康啦？”他问道，我好奇地望着他，“我送给你的肉肠好吃吗？”

好吧，按照贝克先生的说法，我已经完全被肉肠收买了，但那是因为我是一只有礼貌的腊肠狗，而且肉肠确实很好吃，于是我稍稍摇了摇尾巴。这时我脑袋里冒出一个想法，如果他能给我一根肉肠，肯定还能给我第二根，于是我更加亢奋地摇起尾巴来。

“我就知道，乖狗狗！”他弯下腰来摸了摸我的耳朵后面。这时候卡洛琳带着一个巨大的篮子从楼梯上走了下来。

“真高兴看到你们两个已经成为朋友了，你们上次见面可没这么融洽。”

延斯笑起来：“海格力斯咬到的地方还有一块淤青呢，不过别想那些了，他只不过是想要解救你们。另外我也已经注射了有效的破伤风针，距离上一次注射已经隔了很久了。这件事也有好的一面嘛，而且看来我的小礼物效果也不错。”

卡洛琳点点头：“是啊，海格力斯用了差不多二十秒的时间就把肉肠吃光了，他特别爱吃。”

哎哟，如果你们继续讨论肉肠的话，我就要晕倒了，希望吃饭之前别耽误太多时间。卡洛琳从公寓里拿出的篮子好像装了许多美味的东西，我不由自主地开始流口水。

“那我们可以出发了，是不是？”

“耶，出发！”卡洛琳高兴地叫着打开了房门，延斯在她之前冲到停在房子前面的轿车前。

“请上车！”他用力拉开副驾驶位置的车门。

“来，海格力斯！”卡洛琳叫道，我正在犹豫不决，那辆车看起来很奇怪，有点——危险，我一时不知道究竟是什么让我这么不安。当卡洛琳把我抱起来，放在车座上的时候我才发现，真是一览无余啊，这辆车没有顶！

二十分钟以后，我有可能从车上掉下去的顾虑就消失了，我坐在卡洛琳的膝盖上，高高地扬起鼻子，享受着那美好的夏日微风，我的小耳朵也被风吹得飘动起来，简直就像是做梦一样！延斯和卡洛琳聊得很投入，我也说不清他们聊了什么，因为风吹得我的耳朵沙沙作响，听不清楚。不过这无关紧要。这时候我觉得有一种要飞起来的感觉，这种感觉真是太棒了。街道边的树木呼啸着在我们两侧掠过，渐渐模糊成浅绿色的一团，我们头顶的天空蔚蓝而广阔，我真想坐个几小时的车。当然我只是那样想，我的肚子还在咕咕叫，我真希望卡洛琳马上把装满食物的篮子从后备箱里拿出来。

正想着，延斯放慢了车速，绿色的墙又恢复成一棵棵的树木，最后车子停了下来。

“好的，我们到了。等一下，我帮你！”

延斯从车里跳下来，跑到副驾驶门边，帮卡洛琳把门打开。太体贴了，我不得不承认。我从卡洛琳的膝盖上跳下来，然后延斯伸出手帮她下车。嗯，这里的空气真清新，有森林和水的味道，还有一点野味。我们带上野餐篮径直向山坡上的一小片树林走去，林间有一条台阶路一直通向后面的空地，我们在那里站了一会儿。

“你看。”延斯指着前方说，“这里的视野是不是很好？”

“是啊，真漂亮，易北河被阳光照射得金光璀璨。”

听起来挺美的，不过谁喜欢谁看吧，反正我根本什么都看不见。我的小短腿刚好让我跟石阶路旁边长的荨麻一样高，他们两个就不能把我举起来吗？我也想看！于是我用两条后腿站了起来。

“我觉得，海格力斯饿得太久了。”卡洛琳完全误解了我的要求，“一般他十一点就吃饭了。”

“我们马上就到了，前面就是沙滩。”

好的，这倒也是个好消息，终于可以吃东西了。但什么是沙滩？我们走到第二个石阶平台，也走到了树林的尽头，然后穿过一条小路。这下我看清楚水的味道是从哪里来的了。我们前面有一条大河，那真是一条非常宽广的河流，河面上有一艘巨大的船从我们面前开过。太宏伟了，我从来都没有见过！它看上去就像是一个巨大的移动房屋。我激动地狂叫起来，卡洛琳笑了。

“吓着你了吧，海格力斯！我们到现在为止只去过阿尔斯特湖边，海格力斯最多只见过帆船。”

“那看来今天他是第一次见到真正的轮船喽，住在汉堡怎么能不见识一下易北河呢！”延斯的语气里带着点责怪。我们继续向前走，来到了岸边——最后我们停在一个巨大的沙坑旁边。我来了个急刹车，因为如果我的脚趾沾上沙子，那就意味着马上就有一位人类母亲在拐角处转向我，臭骂我一顿。我犹豫地坐了下来。

“难道说你的狗从来没来过沙滩？他的表现似乎有点害怕。”

“是啊，他从来没来过。我从来没带他来过这么远的地方，到现在为止我们只是带着他在附近的公园里或者阿尔斯特湖边散步。我们还没有一起度过假，他确实是第一次出远门。”

延斯迈了一步来到我面前，把我高高举起来："好好看看这里，小家伙。这样的天气多好啊，汉堡可以称得上是世界上最美的城市，而这里就是这个城市最美的地方。你要适应一下脚踩到沙子的感觉，然后你马上就会发现，这种感觉有多棒。在这里你可以随心所欲地向四面八方奔跑。但是如果你看到堤坝上的羊群，最好马上跑回来，否则你有可能走失了。"

他把我重新放回地上。随心所欲地奔跑——这个主意不错，但我现在最需要的是：没错！我要吃东西。

卡洛琳除了带着篮子外，还带了一块垫子，她这会儿已经把垫子铺在了沙滩上。那条大河离我们很远，即便有一艘像刚才那样的大船经过，波浪也不会溅到我们身上。嗯，真好吃。我看到了她给我准备的一小盘内脏。她把小盘子放在远一点的地方，我立刻冲过去。就在我狼吞虎咽地忙着吃东西的时候，我从眼角处看到卡洛琳把准备好的丰盛食物一样接一样拿出来：肉肠、奶酪，甚至还带了一个蛋糕。延斯把一直背着的双肩包拿下来。

"为了庆祝这一天我也带了一些好东西。"他从包里拿出了一个布包，解开，露出两个玻璃高脚杯来。然后他又从背包里掏出一个绿色的瓶子，准备打开。随着"嘭"的一声，瓶塞飞了出去。延斯把里面的液体倒进玻璃杯。那颜色是浅黄色的，还冒着很漂亮的泡沫。

"尝尝这个香槟！美酒配佳人！"

卡洛琳腼腆地笑笑，接过延斯递给她的杯子。

"谢谢。主要还是要谢谢你的这个好主意。"

"要说谢谢的是我！我们的约会这次终于成行了，真是太好了。让我们为了美好的一天干杯！"

他们举杯相碰。

“对，为了美好的一天。”

我们很晚才回家，我已经累得不行了，但是心情舒畅。我有生以来第一次在河里游泳，比起在湖里要费力多了，差点捉条鱼回来。

我四处乱跑，还看到了羊。延斯至少给我扔了上万次小木棒让我去捡。除了内脏我还吃了好多肉肠和草莓蛋糕。我在柔软的野餐垫上懒洋洋地歪坐着、打盹，延斯和卡洛琳一边聊天一边看着我。不知道什么时候我们三个都躺到垫子上，一起望着蓝天，看着月亮慢慢升起，看着太阳缓缓落入大河之中，这真是完美的一天！

现在我懒洋洋地躺在我们公寓的沙发上，回忆着幸福的时光。卡洛琳把空篮子放回厨房，然后走到电话旁边的一个小盒子附近，如果没有人在家的时候，它会告诉我们有谁来过电话了。“您有两条新留言。第一条留言：宝贝，我是倪娜！怎么样了？我真好奇！马上给我回电话哦。”

“第二条留言：你好，卡洛琳，我是马克·瓦格纳。你还记得吧，你最信赖的兽医。我就是想问问，这周三的约会没什么问题吧？我们在去听音乐会之前一起吃饭好不好？我周三通常可以早点下班，可以去接你，等你的电话。”

“没有其他留言了。”

马克·瓦格纳——我都快把这个人给忘了。鉴于我们本次迅速地找到了一个伴侣，我觉得卡洛琳可以拒绝他的这次约会了。延斯给我的初次印象很好，我今天没有发现他有任何缺陷。他身上的味道闻起来很舒服，头发梳理得很整齐，穿着干净整洁。为什么还要在这个不讨人喜欢的瓦格纳身上浪费时间？卡洛琳肯定也这样觉得，我觉得她很久都没有像今天这么尽兴、这么放松了。好吧，快给瓦格纳打电话拒绝他！但是卡洛琳看起来有点犹豫不决。她若有所思地盯着那个黑色的小盒子看了看，然后抓起听筒。

“喂，倪娜。我知道有点晚了——但是我可不可以过去？真的？多谢，你太好了。我必须马上找个人说说话。”

好吧，她肯定不会想到要跟我说说话的。我们又要出发了，我还真有点不愿意去，因为我正舒服地躺着呢。但是卡洛琳站了起来，我也挣扎着爬起来，不想扫她的兴。

“海格力斯，你继续躺着吧。我要去找倪娜，你留在家里。”

为什么？难道她有什么秘密瞒着我？我从沙发上跳下来。这下我一点都不累了！“真的不用，海格力斯。你可以独处多半个小时呢。看看，你身上都是沙子，我现在也没精力给你洗澡。倪娜肯定不愿意让我带着这么一只脏兮兮的小狗去她家。你乖乖地在睡篮里睡觉吧，你今天玩得已经够累了。”

唉，她真的不想带我去。我根本没有那么脏，都怪那个讨厌的倪娜。

卡洛琳把公寓门关上，我闷闷不乐地瘫软到睡篮里。不管怎么说这种做法都太残忍了，我们在一起度过了一整天，这会儿却不带着我一起去了。我感觉自己……地位降低了。我就属于这一种，归根结底我只是一只宠物，真是太讽刺了，这么一折腾我早就睡意全无了。

我在睡篮里躺了一会儿，然后站起来慢慢踱到厨房里。也许我的食盘里还有点吃的，我现在可以全都吃光。老冯·艾舍巴赫总是说，无聊会让腊肠狗变肥，我觉得他是对的。可惜我的食盘空空如也，不夸张地说都可以当镜子照了。食物也总是一成不变。我又慢慢踱回来，走过公寓门的时候，突然闻到一股熟悉的味道。是贝克先生！他肯定站在门口，也许他正在去散步的路上。跟他聊聊天是最好的转移注意力的方法！我大声叫起来。

“呀，伙计？”我听到门外传来他的声音，“你怎么样？”

“一般。我无聊死了，卡洛琳把我一个人留在家里。”

“你可真倒霉。我正准备去公园。我倒是想带你去，但是没有卡洛琳的话就没办法让你从房间里出来。”

“是呀，真讨厌。我也想去。但是我没办法从送报口钻出去。”

我听见了贝克先生的嘲笑声：“算了，你会卡在里面的，那可非常不舒服。”

“好吧，我想不到别的办法了。那我只能留在这里继续无聊了。代我向公园和兔子们问好。”

“嗯。没问题。”

又安静了。但是就在我转身准备回睡篮的时候，我又一次清楚地闻到了贝克先生的味道。

“嘿，海格力斯！我想到一个办法。不过只有勇敢的腊肠狗才能做到。”

说到勇敢，舍我其谁！

“是什么？”我问。

“你还记得咱们的内裤行动吗？”

“我怎么会忘记？”

“你知道我当时是怎么溜进去的吗？从那个开着一条缝的上悬窗。你现在马上跑到卡洛琳的卧室，如果我们走运，而且阳台门要是开着一条缝的话，那你就可以出来了。”

也只有猫能想出这样刁钻的办法。

“贝克，感谢你对我杂耍能力的信任，但是我做不到。即便那个窗上面有缝隙，我也不可能钻过去。尽管你——不好意思——这么肥，你依然可以用某种方式从一个窄缝里硬钻过去，但是我肯定办不到，我肯定会被卡住的。”

“你怎么连这点信心都没有？我们至少试试看嘛。我从花园里跳到你们的阳台上，然后我们考察一下那里的情况。如果情况允许，那我们就可以享受一次没有人类的晚间散步了。”

贝克先生和他的气味消失了。这只猫，长这么大我还第一次碰到。我还没有无聊到用生命去冒险，但是从另一方面讲——晚上独自在公园里散步真是充满吸引力啊。我暗暗叹了口气，然后向卧室走去。

实际上，阳台的门的确是悬开着。不过那条缝在我头上方很高的位置，那真是相当高啊。这时候贝克先生突然从长满了常青藤的墙上跳到我们的阳台里。

“好的，情况非常理想！”他高兴地叫道。

“拜托，这有什么理想的？”

“门悬开着啊。太棒了。”

“没错，但是我没办法从这下面钻出去，上面我也够不到呀。还是算了吧。”

“这你都跳不上去？”

“不行。”

“你要是顺着窗帘爬上去呢？”

“贝克先生，你对我爪子的认识显然有所偏差。我不能像你那样用爪子钩住东西向上攀爬，我的指甲比较平直、光滑。”

“这样啊，那难度可就大了。”

“是的。”

我们隔着阳台门面对面地坐了一会儿，突然我想到一个办法。我环顾房间四周：屋角有一把椅子，卡洛琳晚上睡觉的时候总是把衣服搭在上面。它很结实、靠背很高——如果我把它当成梯子，也许能做到呢。我走到椅子旁边，试着把它推到阳台门边。哦，这是有多沉！

“你能做到吗，还是我进去帮忙？”

“你还是待在原地不动比较好。要么我把它推过去，要么我们放弃一起散步的想法。”

我用尽全身力气顶住椅子，它终于移动了一点。我再次用力顶住椅子的左腿，它又移动了一点。然后是右边，再左边——我用胸部顶着椅子一点一点把它从房间的一端挪到另一端，这可是个费力气的工作啊，但是最终我做到了，椅子正好立在阳台门的悬缝下面。

我跳到椅子面上。真的，从这里向上看就觉得前途一片光明。理论上讲我应该可以跳过去了。

“跳啊！你等什么？”贝克催促道。

“别催我！我必须全神贯注。”

如果仅仅是简单一跳的话肯定不行——我真的不想被卡在上面。但是如果我要奋力一跳的话，就需要助跑，这在椅子上不太可能做到。我必须再站得高一点，那样就容易多了。

“海格力斯，你试试看能不能用鼻子够到门把手。如果你用牙齿紧紧咬住门把手的话，也许可以把门完全打开，你只需要把它向下拉就可以了。”

什么叫作“只要”？我们这是在马戏团吗？让一只小腊肠狗打开一扇封闭的门，这显然是一项“特技表演”。

“你试试看嘛，没有你想象的那么难！”

站着说话不腰疼，他是屁股着地、稳稳当当地坐在那里。但是话说回来，这个主意还不错，至少比卡在门缝上强。我用两条后腿站起来，尝试去够门把手，我咬住了，然后又落回椅子上。我猛地向下拉动门把手——门真的打开了！那场面真是太壮观了！我，卡尔-里奥波德·冯·艾舍巴赫，打开了一扇阳台门！

我的亢奋持续了好一阵。两秒钟后我就挨着贝克先生站到阳台上了，但是马上我就发现，我们的终极挑战还没有结束。我怎么才能像秃鹰那样从这个窗台上飞下去呢？

十九

我是英雄、超人、超能力腊肠狗！

“你有没有看到刚才那一跳？是不是非常之不同寻常？是不是很霸道？”

“对，挺好的。”

“挺好的？你应该说完美！我很是骄傲，亲爱的。”贝克先生显然没有完全领会，这简直就是竞技界一项创世纪的壮举，“我的意思是，你有没有看到其他腊肠狗从二层往下跳过？我觉得我刚才的动作跟猫如出一辙。”

贝克摇摇头说：“好吧，我刚才不是说了嘛，挺好的。但是，第一点，那是挑高的一层，而不是二层；第二，你落在了老迈耶的洗衣篮里。如果我没有找到那个洗衣篮的话，你可能还蹲在阳台的栏杆旁边哭呢。”

有这么回事？这只肥猫！可能没有哪只腊肠狗会像我一样做出这样鲁莽的举动。光是身子从阳台栏杆中间挤过，面对眼前的深渊，对于狗类来说就已经是一项壮举了。更不用说那惊险的一跃：准确无误地跳进迈耶女士堆满毛巾的洗衣篮里。而且这些动作都是在昏暗的夜色中完成的！好吧，我承认，如果迈耶女士没有把洗衣篮放在外面，肯定会对我完成这些动作造成一定困难，但不管怎样我的表现都堪称勇敢。我很有可能会跌落在洗衣篮旁边，然后把腿摔断。

“喂，如果你已经回味够了刚才的英雄壮举的话，我们是不是可以出发了？”

我的眼神中冒着愤怒的火花，可惜他看不到，因为周围一片漆黑。另外我也觉得一直躺在毛巾里有点无聊，所以我决定大度地原谅贝克先生，尽管他并没有向我道歉。

我从篮子里跳出来，走到贝克身后，他已经向着花园门口走去了。一阵微风轻拂着我的鼻子，我已经嗅到了冒险的味道。即便贝克先生是只讨厌的猫，但是他有一个观点是完全正确的：不跟着卡洛琳一起散步真是一个绝佳的机会，我终于可以狩猎了。我鼻子马上就感觉到了一阵很惬意的瘙痒，尾巴也下意识地竖了起来。当心啦，你们这些兔子！卡尔-里奥波德·冯·艾舍巴赫马上就要来抓你们了——他肯定能逮到你们。

我们来到公园里，根本看不到兔子的踪影，也嗅不到他们的气味，难道说他们都在洞里躺着睡着了？无所谓，我要把他们都找到。贝克先生很擅长捉鸟，因此我们不会互相影响。我鼻子紧贴着地面，沿着碎石路往前走。走了几米以后突然传来一阵让我振奋的气味：这附近一定有兔子出没，可能他们的洞就在这条路上。我兴奋起来！兔子洞里肯定有一对兔子，我可以抓住一只，或者两只都抓住。那个气味真的越来越强烈了。我离开了道路，慢慢走进草坪，向着一丛茂密的灌木走去。肯定就在这里！我用鼻子扒开草丛，努力寻找洞口。终于我发现面前有一捆草，后面有一个很深的洞。我感觉那个气味非常强烈，不禁大声欢呼起来。哇！

“嘿，你没事吧，海格力斯？”

贝克先生突然出现在我旁边。

“太完美了！在我的狩猎生涯中我第一次找到了兔子洞！”

“你知不知道这种兔子洞特别窄？”

这种问题真扫兴。

“我当然知道。不好意思怠慢了，我必须工作了。”

贝克先生没有把我独自留在洞口，而是坐在了我的正对面，真闹心！

“你应该很清楚，你不是一只真正的腊肠狗。”

我生气地低声说：“那又怎样？我要让你知道，冯·艾舍巴赫犯了个错误：尽管我不是纯种的，但是能立刻就找到兔子洞口。针对我的那些偏见全都是错误的，我是一只真正的猎犬，请你让开可以吗？”

“对不起，你误解了我的意思。我本意并不是要评论你的出身。我想表达的是，你的体形比腊肠狗略大，这样就容易卡在这个洞里，我并不是有意冒犯你。再说了，这个时间这附近又没有什么帮手。”

“胡扯。卡住——你觉得我的爪子是干什么用的？尽管我没办法用它们抓住常青藤，但是我的爪子天生擅长挖掘。你就不要再担心我了。现在我要开动了，要是我们再继续讨论下去，兔子都跑光了。”

我把鼻子紧贴在洞口上，把洞口拱得大一点。这感觉真是太棒了！我终于找到了自己的价值所在，可惜我不能和一个充满激情的猎人，而是和这个顾虑重重的贝克先生一同狩猎。

几分钟以后我就挖了很深。兔子的气味变得越发浓烈，我的鼻子异常兴奋，好像变成了平常的两个大。那种瘙痒的感觉在我身体里逐渐蔓延开来，我激动得心跳速度都加快了。还有一点，我就能抓到他们了！我甚至觉得我能听到那些兔子的声音。他们可能害怕地僵坐在洞里，甚至都不会逃跑了，整个过程看起来非常简单。我继续用力地用爪子和鼻子挖那个我臆想的兔子洞——我身前身后全是土，而前半截身子已经陷入了我挖的那个洞里。加油！我进洞了！

让我备受打击的是：里面一片黑暗，但是我的鼻子马上告诉我，兔子们已经醒了，而且就在前面。那个气味已经没有几分钟之前那么强烈了。真该死，我肯定要眼睁睁地看着他们跑掉了！这都是贝克的错！如果我一早开始挖的话，那些兔子大概早就成了我的囊中之物了。他们肯定抓住我们说话的时间，打了一个新洞逃之夭夭了。我真是太恼火了，我觉得我还是再找一个别的洞吧。

我要后退着从刚挖的洞里钻出去。说得更准确点：我试着从刚挖的洞里退出去。可是说实话，如果谁的前爪悬空着晃来晃去的话，那就不太容易，就像我现在这个动作。我试着用后腿用力把自己拽出来，好让前爪能有个支撑点，但是我的后腿也紧紧卡在土里——根本束手无策。我就像是被卡在一个瓶颈里，进不得，退不得。我试几次就要休息一会儿，因为我觉得非常热。而且更可恶的是，在这地下面让我感到有点窒息。我的鼻子又开始发痒，但肯定不会是那些兔子又跑回来了，是因为我现在只觉得：恐惧。我怎么才能从这个鬼地方出去？

希望贝克先生还站在地面上，我在这种紧急情况下用尽力气大声叫起来，他到底能不能听到我的叫声？他说过他的视力已经大不如前了，他的听力会不会也下降了？那就太悲剧了。我觉得越来越热，我快受不了了。冷静，卡尔-里奥波德！别慌张！至少有只猫知道你在这里。如果你一直都没有回到地面，贝克先生肯定会觉得奇怪的，他不可能扔下你独自回家。如果刚才我把他惹怒的话，可能他已经走掉了呢？我刚才那一番幼稚的有关猎犬的胡言乱语肯定让他感到特别厌烦。我继续叫。亲爱的，亲爱的贝克先生，我刚才跟你说的话都是胡扯，我根本不是那样想的，你是我亲爱的朋友，而且是我唯一的朋友，救命啊！

“海格力斯？下面情况怎么样？”

哈利路亚！他听到我的声音了！

“不好！我卡住了！”

“什么？我听不清楚。”

“我卡住了！”

喉咙痒痒的，想要咳嗽，我会被憋死的。快点，贝克先生，快救我！

“见鬼。我说什么来着。脑袋进水了才会想到要去抓兔子。我们现在怎么才能把你弄出来？”他停顿了一下，“你挖得深吗？”

“不深，还好。隧道的上端比较宽。”

“我去看看有什么办法能把你救出来。”

“不，拜托别让我单独留在这儿！我害怕！”

“我必须想办法让谁把你从这里挖出来，最好能找到个人类。我们没有别的办法，靠我自己肯定做不到。你安静地在这儿等一会儿，否则你消耗的空气更多。你试着放松下来。”

放松？开玩笑吧。要是贝克先生身处我这种处境，我倒是想看看他怎么放松。但是他是对的，我们需要援助。

“好吧，但是拜托你动作快点！”

“好的，我尽量，坚持住！”

可能贝克先生只离开了几分钟，但是我觉得有一个世纪那么长。这地下特别安静，死一样的沉寂。我感到非常恐惧，但是仍然按照贝克先生的建议尽量保持安静。我怎么这么倒霉，竟然陷入如此境地？这都是贝克的错。而且我就是个白痴，我根本不适合狩猎。我的外公经常说：冲动是魔鬼[5]，还有无端的骄傲。为什么我就不能放低身价、老老实实地当一只可爱的宠物呢？时不时还能吃到一点肉肠。可以追着鸽子跑当作狩猎，做点没有什么危险的事。亲爱的腊肠狗神，如果你听到我的呼唤，求求你让贝克先生找到谁来救我吧。我保证，我从今以后一定拴上牵引绳才出门散步，晚上再也不溜出来逞能，再也不想成为世界上最勇敢的狗了，而且再也不想捉兔子了。

这时候突然在我的正上方传来一阵沉闷的轰隆声，是人类的脚步声！这肯定是我的救星！腊肠狗神显然听到了我的祈祷，让贝克先生找到了什么人。

“嘿，海格力斯！你肯定想不到我把谁带来了！”

这不是玩猜谜游戏的时候，但是我忍住没有进行评论，也可能是因为我太虚弱了，根本没有力气大声叫了吧。

“维利。我找到了维利。尽管他严厉地斥责了我，但是他还是跟我一起来了。再叫一声，让他知道是怎么回事。”

我用尽全部力气努力叫了一声。

“原来如此啊！”上面传来了维利低沉的声音，“你的小朋友卡在里面了，是不是？”

尽管我看不到贝克先生现在在做什么，但是我非常肯定他会做点什么向维利的猜测表示肯定。

---

5 译者注：原文为“激情是个坏习惯”。

“那我要试试看把他给挖出来。希望他不要埋得太深，没有铲子，我只能靠双手，看来不太容易啊。”

我头顶上发出了很大的轰鸣声，维利跪了下来。好长一段时间我什么都听不到了，然后我身体上面的土地又开始震动。维利开始挖土了，感谢腊肠狗神！

我听到维利气喘吁吁地抱怨，看来挖掘对于人类来说是个辛苦活啊。我一点也不吃惊，没有指甲的确不太容易把土刨开。但是那个震动越来越近，而且时不时地有一些土从洞壁上掉落在我鼻子上。

“你呀，找了这么好的一个地方玩！这里的土都是黏土——太费力了！”维利骂道。然后他一言不发地继续挖。

“你还好吗，海格力斯？”贝克先生问。

“还好！”我简短地回答他，因为这时候我已经开始严重缺氧了。

“你应该感到庆幸，维利坐在老地方，还没有喝醉，我没花太多时间就让他明白我的意思了。”

就在我准备回答贝克先生的时候，我觉得维利离我越来越近了，我的尾巴感到一阵风。

“终于！”维利叫道，“我终于快把隧道挖通了！”

尽管我还看不见，但是维利已经碰到我的后腿了。我已经听到了他的喘气声，我觉得，他的叹气声就在我的脖子后面。这时候他把我的后腿完全挖了出来，抚摸着我的后背。

“唉，小可爱，看看你干的好事。现在我要小心地把你的头挖出来，然后你就可以出来了。”

越来越多的土落在我的鼻子上，但是因为我知道，这是维利正在挖我鼻子边的土地，所以我保持安静。对了！维利挖开了我头上最后一块土，我终于被解救出来了。我浑身发抖，向上看去。哈！我坐在一个很深的坑里。维利小心地把我抱起来，放在他为了救我而挖的那个大洞旁边，然后他双手撑着地坐到我旁边。

“哎，维利也要喘口气。我紧张得都有点头晕了，我这个年纪可受不了这样的刺激，哈哈！”

贝克先生踱到我们俩身旁，我们三个一起坐在远处路灯昏暗的灯光下。

“小朋友，你真走运，你的伙计找到了我，否则你就出不来了。呼，我已经筋疲力尽了。我有点不舒服，这也难怪，我太缺乏锻炼了。”维利轻抚着我纷乱的毛，然后深吸一口气，望向远方，“现在这感觉有点奇怪，我怎么突然觉得这么不舒服呢。我觉得……”他最后一句话还没有说完——突然翻倒在草地上。他僵直地躺在地上，吓了我一跳！这是怎么了？！

“他这是怎么了？”

“从他刚才的表现看来他很不舒服。”贝克先生走近维利，用爪子轻轻碰碰他的脸，毫无反应。“见鬼，维利，别吓唬我们！”

我四处奔跑，想了想，然后跳到维利的胸口上。如果这样他都没有反应，那事态就严重了。

事态的确很严重：我站在他身上向前走去，舔他的脸颊，但是他依然没有任何知觉，他的呼吸急促而无序，我感到非常恐惧。

“贝克，我看维利的确很不舒服，我们现在能做些什么？”

“妈的！”贝克忍不住骂道，“这都是你的错！如果你没有跑到那个该死的兔子洞里，维利就不用把你挖出来，那么他也就不会躺在这里了。他肯定体力透支了，需要急救！”

我把耳朵竖起来，贝克说得对，这都是我的错，可是这周围看不到一个人。

“那边还有其他人吗？”我问贝克先生，他摇摇头。

“一个人影都没有。没有散步的小夫妻，什么人都没有。”

维利发出一声微弱的呻吟。好好想想，卡尔-里奥波德，好好想想。谁现在能来帮忙？终于灵光一现。

“我想到了！”我激动地叫起来，“是我把维利害成这样的，那也应该由我来救他。你留在他旁边，免得他太孤单了，我马上回来！”

贝克先生还没来得及说什么，我已经风驰电掣地跑开了。

二十

出了公园，沿着一条小街到尽头。然后左转，街角处有一棵大树，那里散发着一股令我印象深刻的黑色杜宾犬的味道，我经常在很远的地方就能闻到。穿过一条大街，这个时间街上一辆车都没有。我竭尽全力地奔跑，没有迷失方向。下面一个拐角我有点犹豫，但是我马上就想起了我和丹尼尔还有卡洛琳曾经路过的那间面包房的香味。没错，我走对了。这条街特别长，我跟着这股香味跑过一个急转弯，临近的时候我的舌头都快耷拉到脖子了。

我终于闻到了一个洗衣房的臭味，我快到目的地了——斜对面就是瓦格纳医生的诊所。窗户里面一片漆黑——但是走运的是，楼上公寓的灯是亮着的。瓦格纳医生看来就在那里，而且还没有睡觉。我毫不犹豫地端坐在房子前的人行道上，开始大声叫唤，一刻不停地。肯定有人能听到我的叫声，绝对不能放弃，都是因为我维利才变成这样的。

没过多一会儿，上面的一扇窗子就打开了，可惜是三层的，有个女人向外张望。

“哪来这么大噪声！该死的狗，滚开！”

我毫不理会她，继续叫，渐渐地声音都嘶哑了。

“闭嘴，否则我要叫警察了！”

无所谓。为了保持体力我把声音放低了，那个女人关上了窗户。过了一会儿还是没有任何动静。随便，反正我会坚持到底的，卡尔-里奥波德，坚持到底，这都是为了维利！

终于做到了，房门开了。那个女人走到了街上——身边跟着瓦格纳医生！他们一边向我走来一边说话。

“尽管我不知道您为什么认为这是我的患者，但是让我看看到底是什么问题。”

“是啊，否则怎么会有一只狗在这里不停地叫？非常感谢您能跟我来看看。”

他们两个站到我面前。瓦格纳医生盯着我，我也盯着他。希望他能认出我，否则他们很有可能会叫警察的。

“确实是。我认识这只狗，他是我女朋友家的。”

根本不是这么回事。卡洛琳根本不是你的女朋友！但是这种状况我不想追究这些。我向瓦格纳高高跳起，摇着尾巴跟他打招呼。瓦格纳轻轻抚摸了我一会儿，然后不安地看着我。

“这次又怎么了，海格力斯？”

如果我会讲话的话，就不用在这里耽误时间了，我又向他跳起来，拽拽他的袖子，那个刚才被我惹恼的女人看得津津有味。

“看来他是想让您跟着他走。”

“是啊，看起来像是那个意思，是不是？是卡洛琳出了什么事情吗？”

我上蹿下跳。好吧，我是在撒谎，但是现在的主要问题是我要让他跟我走，可能用卡洛琳就能把他引过去。比起一个丑陋的老人，他应该更愿意看到年轻漂亮的女人吧。

“卡洛琳在哪里？在家吗？”

我往前走了三步，然后又摇着尾巴转向瓦格纳。瓦格纳吃惊地摇摇头，然后从裤兜里掏出手机，按了一个号码。他把手机放到耳边，仔细地听起来。过了一会儿他把手机重新放回裤兜里：“哦，电话没人接，转到了留言信箱。好吧，海格力斯，那我就跟着你。等一下，我去取一下我的夹克。”

那个女人惊慌失措地看着瓦格纳说：“嘿，开玩笑吧！您真的相信这只狗求您跟着他一起走？”

“对啊，我相信，罗勒蒂女士，这只狗没有在开玩笑，他很认真的。”

然后他转身走回屋子。我很吃惊，我一直觉得瓦格纳是个傻瓜，但他真的非常了解狗。

过了一小会儿，他又站在我身旁。

“好的，海格力斯，我现在很激动想要知道你这是演的哪一出戏码。”

我又摇了摇尾巴，然后出发了，我回头看了看：瓦格纳乖乖地跟在我身后。回来的路上我认真考虑了一下，我跑到哪里才会让整件事情变得最为简单。很快我们就经过了卡洛琳住的房子，瓦格纳医生正准备往房子大门走。我短促地叫了一声——不是那里！

“哈，不是这里，那是？”瓦格纳疑惑地看着我，我继续向公园的方向跑去。现在不是磨蹭的时候，就快到了。最后我终于顺利回到了贝克先生旁边，他还按照我们的约定坐在维利身边。维利还像我离开的时候那样躺在草地上，贝克先生盯着我。

“你这家伙，这真是一个聪明绝顶的主意：你把兽医给带来了。”

这时瓦格纳也来到我们面前：“发生了什么事？你们发现了这位先生，然后找我去求援？真是太不可思议了。”他在维利旁边跪下来，“喂？您能听到我说话吗？喂？”

维利没有反应。瓦格纳把他的套头衫掀起来，把耳朵贴在胸口上听，然后他开始按摩。不仅如此，还用手捶打他。他的动作看起来非常野蛮。我希望瓦格纳知道自己在做什么！瓦格纳按摩、捶打了一阵之后，又把耳朵贴到他的胸口上。看来这样做让他有所好转，因为这时候瓦格纳的脸上露出了一丝满意的微笑。他站起来，掏出手机，然后拨了一个号码。

“喂，我是马克·瓦格纳。我在赫尔维蒂公园发现了一个昏迷的男人，年龄在五十岁至六十岁之间。我没办法给他进行更精细的检查，但是我初步判断，他是心肌梗死，心跳非常不规律，心脏按摩后有所改善。”

他认真听着对方的回答，对方好像在对他提问。

“其实不完全是，我是兽医。我现在让他平稳地侧躺着，不需要再进行心脏按摩。您可以在儿童娱乐场右前方找到我们，一会儿见！”

瓦格纳挂上了电话，然后严肃地看着贝克先生和我：“我判断，这个男人是心肌梗死，从各种迹象上看非常严重。你们能帮助他真是太好了。”他先是摸了摸我的头，然后摸了摸贝克先生的头，“干得好！”他沉默了一会儿，“尽管我非常肯定，没有人会相信这个荒唐的故事。不过至少你的女主人会相信的，海格力斯。她在哪里呢？为什么你晚上自己在公园里跑来跑去的？”他百思不得其解地盯着我，“真可惜你不会说话。”

他又掏出手机拨了一个号码："喂，倪娜，我是马克。你有没有你朋友卡洛琳的手机号码？哦，好的。"

瓦格纳可真狡猾——他显然是在给倪娜打电话。

"不是，我是想给她讲一件她可能会感兴趣的事。如果你能帮忙……"又是一阵沉默，"喂，卡洛琳！太巧了——你在倪娜家。对，可能听起来很奇怪，但是我现在就和海格力斯坐在赫尔维蒂公园里。你要不要过来？"

急救员把维利抬到担架上，瓦格纳简短地向医生讲述了刚才采取的急救措施。

"我初步判断也是心肌梗死。他真是走运，正好你经过这里。"

"呀，其实我的病人体形大小不一，而且毛比较多，但是急救起来都差不多。"两个人同时笑起来。

"我们现在要把这位先生送到大学诊所。就这样吧，再见！"

马克·瓦格纳点了点头，然后转向不知什么时候站到我们身边的卡洛琳和倪娜说："晚上好，两位女士！"

卡洛琳什么都没跟他说，而是把我抱到怀里："海格力斯！你在这里做什么？到底发生了什么事？"

瓦格纳微笑着说："我推断是这样的：海格力斯和这只猫在公园里散步，然后发现了这个流浪汉。这两只聪明的小动物马上就发现情况非常紧急。于是海格力斯就把他认识的唯一一个医生带到了这里：就是我。"

倪娜大声笑起来："不好意思，马克，你不觉得你讲的这个故事太荒唐了吗？一只腊肠狗和一只猫想要救一个流浪汉，所以把你叫来了？你不是喝醉了吧？"

真是太无礼了！什么叫荒唐？这就是事实！倪娜的表现好像是在生瓦格纳的气，我想不明白这是为什么。

瓦格纳捍卫道："倪娜，你怎么这么咄咄逼人？那你觉得是为什么？难道说是我把海格力斯从卡洛琳的公寓里拐走，然后带着这只猫，在这里偷袭这个上了岁数的男人？我只不过讲述了一下自己的猜测。我所知道的就是，海格力斯出现在我的诊所前面，不停地叫，直到我出来。然后，他就把我引到了这里，于是我看到有个男人躺在这里，旁边还有一只猫看护。他们两个是怎么从卡洛琳住的房子跑到公园里，还有这个男人到底为什么会躺在这里，我都不清楚。我诊断，那个男人患了心肌梗死。他的样子不像是喝酒了，我没有闻到酒味。对了，我也没醉。"

倪娜出声地吸了一口气，卡洛琳把我抱得更紧了一些。

"尽管我一点都不知道海格力斯是怎么从公寓里出来的，但是幸好他去找你了。我认识这个生病的男人——有一天他疯疯癫癫地跑到我家门口。很感谢你帮了他，否则谁知道会发生什么事情。"

倪娜看看他们两个，然后笑了——我总觉得那个表情很邪恶："为什么？能发生什么事情？别人也会给急救中心打电话的。没想到马克的兽医学研究还能帮上忙。"

马克·瓦格纳笑着说："亲爱的倪娜，如果你躺在公园里昏迷不醒，是不是也会希望至少有个兽医在你旁边呢？"

没错！比心理医生要有用得多，我是这么想的，尽管我不是特别明白心理医生是什么。

他友好地向倪娜和卡洛琳点点头，然后向公园出口方向走去。他才走了五步，就又转过身。

"对了，卡洛琳，星期三晚上，六点半，我来接你，好吗？到时候见！”

卡洛琳点点头，然后向他挥手告别。倪娜什么都没说，反正我们在公园里站着的时候她什么也没说。在回家的路上她又喋喋不休地说起了这件事。

“他约你了？为什么你都没跟我说？”

“我本来准备说的，但是……”

“我看你是故意回避的吧，你不停地给我讲述今天你和延斯一起在易北河边度过了多么美好的一天，气氛有多浪漫，你们相处得有多好，但是对你和马克的约会只字未提。”

“没错，不过……”卡洛琳想要解释，但是倪娜根本不给她说话的机会。

“我原本还真的以为你的狗发生了什么意外，所以你才问我要马克的电话呢！你有没有问过你自己，我知道这些之后是什么样的感受？我来告诉你——我真他妈的难过！”

“我本来是想要告诉你的，所以我今晚才去找你，但是没过多久马克就打电话了，我还没来得及说。”

“鬼才信你的话。我们已经闲扯了一小时了，当然时间太短了，还没轮上聊这个次要事件。”

“你怎么这么说？你不是拉着我问延斯的事情吗——其他事情你根本一点都不关心啊。”

“当然不关心，我哪里知道你还有其他事情要告诉我。”

“他就邀请我去听音乐会了，别的没什么。”

“啊，不错嘛，还挺懂艺术的。”

“另外你不是说过他不是你的菜吗，我怎么觉得不是那么回事啊。”

“没错，你的感觉对了。但是如果上一次你追问我真实的感受的话，早就能猜到了。但是我们自始至终都只聊了你的事情，你的各种感情烦恼。而我上一次来找你，真正需要一个女朋友倾诉的时候，却发现你更重视跟丹尼尔那个家伙的什么烹饪约会，我觉得好像打扰了你们似的。你真是我的好朋友，多谢了。你下一次需要找人倾诉的时候，好好想想吧。”她转身大踏步离开了。

卡洛琳和我被留在那里："见鬼。我就知道她生气了。她跟那个医生根本还没有结束。"她叹口气，"哎，咱们回家吧，宝贝。你得好好给我解释一下你是怎么从屋里出来的。"

我很荣幸。但是有没有人能给我解释一下，倪娜和卡洛琳之间究竟发生什么事情了？倪娜此前跟我观点一致，觉得那个兽医是个笨蛋呀，为什么现在又生气了？还有，延斯怎么办？今天我们不是跟他过得很愉快吗，卡洛琳知不知道她想要什么？我猜她不知道。

回到房间后，我内疚地跑进卧室，蹲坐在椅子和打开的阳台门前。卡洛琳瞪大了眼睛，一会儿看看我，一会儿看看证物A和B。

"你该不会告诉我这扇门是你自己打开的吧？太不可思议了，你都可以去杂技团了。但是你是怎么从阳台上下去的呢？跳下去的吗？"我天真无邪地盯着她两条腿站了起来，"海格力斯！你是不是疯了？你不是猫！你没有九条命！"

啊？九条命？猫有九条命吗？这样贝克先生的各种行为就容易解释了，或者这不会又是人类的谚语吧。

卡洛琳把阳台门关上，拉上窗帘："我累极了，宝贝儿。有点伤心，因为倪娜和马克。还有点幸福，因为马克和延斯。真是够混乱的！真希望一切都恢复原样。你怎么想？不过现在我要睡觉了。反正今天我也解决不了这些麻烦事。晚安，海格力斯！"

我走向我的睡篮，依偎着我的小被子躺下了，我也累坏了。但是我的脑袋里乱哄哄的，一会儿是丹尼尔，然后是延斯，也许还有瓦格纳医生。这到底是怎么了，几个星期以前，我未来男主人的候选人还一个都没有出现，怎么这一下冒出来三个？而且没有一个是我找来的，尽管我为此设计了一套完美的计划。

我疲惫的脑袋突然豁然开朗：男人、年轻女人和小腊肠狗的品位完全不同。

二十一

我们走进门，维利吃惊地在床上坐起来。

“天哪，你们居然来看我！太好了！”

“我希望没有打扰到您，护士说没什么问题了。”

“没有，我很高兴，我完全没想到。您是不是那个弦乐器工作室的年轻女士？”

“对，我叫卡洛琳·诺依曼。”她拉着维利的手说。

“我真是太高兴了。我的名字叫威尔海姆·莎摩尼，但是大家都管我叫维利，你的这个小朋友叫什么名字？”他指着我问。

“他叫海格力斯。”

卡洛琳拉了一把椅子到维利的床前，她坐下，把我抱起来放到膝盖上，维利伸出手臂抚摸着我。呼！显然他没有生我的气，我这下放心了。

“你这只贴心的小可爱！是你救了维利的命，是不是？”

卡洛琳扬起了眉毛："啊，您是怎么知道的？您看到海格力斯把瓦格纳医生带来了吗？"

"没有。"有一个声音在我们身后出现了，"是我刚告诉维利的。"

卡洛琳转过头。马克·瓦格纳靠在门框上，笑着看着我们："看来咱们俩心有灵犀了，我也觉得这个时候来探望维利比较合适。"

"哦，你好，马克。"

奇怪，卡洛琳的声音听起来一点都不兴奋，我还以为她喜欢他呢。随便啦，反正我用力地摆着尾巴表示友好。

"你见到我很高兴是不是？"马克摸摸我的头，"你是我们的狗英雄，是不是？"

好的，狗英雄——虽然这让我感觉很有压力。我很高兴，维利并没有觉得这一切都是我的错。维利面带微笑，看起来心情很好。

"真是诡异的一天——昨天海格力斯和我互相救了对方的命：心肌梗死发作之前，我刚把海格力斯从一个兔子洞里救出来。他当时卡在里面，出不来了。我之所以知道，是因为有一只肥猫突然出现在我坐的长椅旁边。尽管我当时反复想是不是我的脑袋出问题了，毕竟我已经是第二次感觉这只猫想把我带到什么地方去了，但是我还是跟去了。谢天谢地，是不是？我的意思是，动物会互相帮助，他们看起来是真正的朋友。"

马克·瓦格纳点点头："没错，许多人都小看了动物的能力。我得承认，昨天我也吃了一惊，就好像是电影里的那个灵犬莱西。"

莱西？这是个人还是什么东西？卡洛琳和马克笑起来，维利的笑容有点虚弱，但是很高兴，真奇怪。

这时候门开了，一个穿白色长袍的女人走了进来。

"那么，莎摩尼先生，不好意思，我现在必须要请您的客人离开了。我要再给您检查一下，而且您也需要静养。”她转向我们——严厉的眼神目不转睛地盯着我说，“这里禁止携动物出入！请您不要再把狗带来了。”

卡洛琳看起来很不好意思：“实在抱歉，我们马上离开。但是昨天是海格力斯最先发现莎摩尼先生的，因此我想可以破例……”

那个女人摇摇头说：“不行，没有例外。您明天再来吧，但不要带狗。”

卡洛琳把我放到地板上，站起来：“好吧，维利，希望你早日康复！我可能还会来看你的。”

“是吗，那我就太高兴了！”他又拉了拉卡洛琳的手告别。

马克·瓦格纳也把手伸给他：“再见，维利，早日康复！”

“再次感谢你们来看我，再见。”

维利挥了挥手，我们走到了病房外的走廊上。

“我们去喝一杯咖啡怎么样？”

卡洛琳有点犹豫地说：“嗯，我不知道医院里的人都不欢迎狗狗。”

“那我们走吧，拐两个弯就有一个咖啡馆。”

过了一小会儿，他们两个就在一张很舒服的木桌边坐下来，而我则坐在了长椅下面。他们起初在讨论一些无关紧要的事情，然后卡洛琳突然用一种少见的郁闷语调说道：

“马克，我想取消咱们周三的约会。”

哦，不！这铁定不是一个好征兆——我现在已经习惯这个兽医了！该死，马克也没有对这个变化感到吃惊。

“这是为什么呢？我还以为你很愿意去听音乐会呢。”

“没错，我很喜欢。”

“那是因为倪娜，还是什么？”

“也不是。或者说，有那么一点。其实确实是因为她。”

马克摇摇头说：“你们昨天出现在公园里的时候我就想到了，但我完全不能理解，倪娜跟我之间什么事都没有。好吧，我们确实约会过几次——但是没别的了。”

“但倪娜不这样想。”

“我察觉到了，可是我始终不知道这是为什么。说老实话我们最后一次约会非常糟糕，那以后我们再也没有联系了。”马克伸手握住卡洛琳的手，“拜托，别拒绝我。我只是想要多了解你一些，而不要像现在这样，总是有什么紧急情况才让我们偶然相遇。我觉得你特别可爱，我向你保证，我一定会尽量好好表现得像个绅士的，让你没有理由拒绝我。”他举起一只手，“这是印第安人最崇高的承诺！”

卡洛琳笑了，把手从他手里抽出来说：“真的吗？马克。我很高兴你邀请了我，但是我前一阵子的生活太紧张、太复杂了，我现在还不想面对那一堆烦心事。倪娜是我最好的朋友，在我失意的时候她帮助过我——我永远都不会忘记。我也觉得你人很好，但是说到相互了解，现在还不是时候。”

噢，那个讨厌的倪娜！这个城市里的男人又不是死光了。贝克先生早就说过了，倪娜是和众多男人周旋的行家里手。她为什么这一次一定要介入呢？马克的想法看来跟我一样，他看上去非常痛苦，就好像老冯·艾舍巴赫用狗鞭子抽他。

“那就是说我什么也做不了喽？我应该和倪娜谈谈。”

卡洛琳用力地摇摇头说：“不，千万不要这么做，不光是因为倪娜。我一整晚都没有睡，各种想法在我脑袋里不停地冒出来。然后，差不多早上四点的时候，我想明白了：我需要平静的生活，而且我要想清楚，什么对于我来说最重要，要想明白我到底是谁。拜托不要生我的气，我没有别的意思。”

马克的表情很痛苦，一言不发。他们两个沉默地并排坐在那里，过了一会儿，卡洛琳起身告别，我们就这样把可怜的瓦格纳独自留在了咖啡馆。

“她说她必须想明白她是谁。谁能告诉我这是什么意思？”回到家以后，我开始向贝克先生抱怨我的烦恼。

“你听过这样的胡言乱语吗？她是卡洛琳·诺依曼，除此以外她还能是谁？她们家肯定也有类似族谱的东西，上面清楚地写着她的名字什么的。还是说人类没有这种东西？”

我这下彻底乱套了，这都是因为卡洛琳——太出乎我的意料了。

“好吧，你冷静点吧，小家伙，你理解错了，卡洛琳当然知道她叫什么名字。”

他把我当成傻瓜了吗？我亲耳听到的怎么会出错！

“不、不、不！她确实是这么说的：我要想明白我到底是谁。一字不差，贝克先生，请注意措辞！我肯定没听错。”

这时候突然有一个新的想法冒出来：也许可怜的卡洛琳跟我一样，她也不是纯种的？还是当人类不知道自己的父亲是谁的时候都会这样说？出身当然要弄明白，因此她在选择伴侣的时候才格外谨慎。这样她才能清楚地知道，谁最适合她。但是当我给贝克讲述这个新的理论的时候，他笑得都喘不上气了，在地板上打起滚来。

“海格力斯，你这个想法绝对独一无二！拜托你搞清楚，人类和狗类之间是有许多本质区别的，人类是有思想的动物！”

好吧，不管怎么说还是多谢了！就好像我不会思考似的！我不满地发出了呜噜声。

“我知道了，你又钻牛角尖了，而且很纠结是不是？我们当然也有思想，但是人类会自我反思。我的意思是，他们经常想与自己有关的事情：我是谁？我从哪里来？我要去哪里？”

“恕我直言，这听来没什么特别的。”

“我指的是引申的意义！卡洛琳想要知道她自己有什么独特之处，她和其他人有什么区别，对于她来说最重要的是什么，如此等等。”

好吧，这正好契合了我很久以前下的那个结论：直立行走对于大脑没有任何好处。

“真可惜我不能跟人类说话，否则我就可以告诉卡洛琳她的独特之处，她就不用再反复思索这个问题了。显而易见：她是个可爱的人，她会为自己周围的人着想，会考虑倪娜、丹尼尔，甚至马克的立场。同时，她还非常关心动物，否则她就不会把我从动物收养所里带回来，我觉得这就够了。她不用为了让自己好受点，就想要知道更多关于自己的事情。现在她只需要找到自己的真命天子，就万事大吉了。如果她再这样下去的话，那我们的这些候选人全都会跑掉的，到时候我们只能从头开始。看来我要再好好物色另外一个候选人了。”

贝克先生叹口气说：“不，相信我，海格力斯，只要卡洛琳觉得有必要进行自我反思，那么无论我们把多么优秀的人带到她面前，都没有用。有的人只有很好地独立生活，才能过好二人世界的生活。卡洛琳可能真的需要时间，我们还是耐心地等待吧。”

“我希望这次你是错的。现在还有一线希望：延斯。至少我们一起到河边郊游非常愉快，可能他们两个会有发展呢。”

“也许吧。”贝克先生顾虑重重地点点头，但是他的眼神告诉我，他不相信。

二十二

“你能不能给我一个合理的解释，为什么你没有告诉我这些？”丹尼尔的语气听起来有些生气，“我不能理解你的做法，卡洛琳。我们不久前还坐在这里，我那么真诚地对待你，满心期待你也能真诚地对待我，你都感觉不到吗？”他看来是真的生气了。

今天本来非常平静，我们走到楼下工作室的时候，看到卡洛琳的工作台上放了一大束花。卡洛琳很高兴，直到看到丹尼尔，他正闷闷不乐地站在他自己的工作台前。接下来的情节进展很快，他们发现这束花是延斯送的，丹尼尔醋意大发，非常嫉妒。

“我不想伤害任何人。”

“这个愿望挺好的，也是个非常不错的主意，不过你还感兴趣的话，我想告诉你：我现在已经被你伤害了。如果你当时就告诉我你已经心有所属了，那可能我就没有这么痛苦了。但是，现在我觉得我就是个超级大傻瓜。”

卡洛琳咽了咽口水说："那是为什么呢？我只不过……"

"因为我说了可能咱们两个现在还不是时候成为情侣，对你表示由衷的理解了。是吧，我真是个傻瓜！我一点都没有想过这些话可能会伤害到我自己。"

"你冷静点，事情不是这样的，我觉得咱们那天一起下厨很棒。我们之间没有进展，跟延斯一点关系也没有，我跟他只见过一次面，我能跟你讲什么？我们俩什么关系都没有。"

"别说了，你明白我的意思。我没有机会了，我早就知道了，只不过我当时想，我们还是朋友。"

卡洛琳的双颊浮现出两片红晕："我们当然还是朋友！我知道你的立场有些尴尬。但是，我也觉得很有压力，我并没有恶意！"

"我没这么说过。"

"你没说，可是我已经感觉到你的意思了。"

"我真他妈想骂人！"丹尼尔挥起拳头砸在工作台上，吓得我一溜烟钻到了凳子下面。然后他就快步走出了房间，门嘭的一声在他身后撞上了。卡洛琳和我留在屋里，她向我弯下腰，把我从凳子下面拉出来。

"声音太大了，是不是？"她抚摸着我，"唉，看来好像我的朋友们都慢慢地开始生我的气了。好吧，好在我还有你。"

我睁大眼睛望着卡洛琳，感觉获得了无上的荣誉，因为她把我看成和丹尼尔还有倪娜一样重要的朋友。尽管如此，我还是希望一切都恢复如常，我希望生活能够永远和睦，卡洛琳好像读懂了我的意思。

"别担心，我向你保证，我们会像从前那样相处。为了尽快实现，我现在马上去给倪娜打电话，我要跟她谈谈，你觉得这个方案怎么样？"我摇摇尾巴，"哈，好方案。太好了，说干就干。"

显然倪娜也急着要跟卡洛琳谈谈，卡洛琳刚给她打完电话，我们就一起向着经常光顾的拐角那家叫“树”的咖啡馆走去了。我们慢悠悠地散步过去，倪娜早就在那里朝我们招手了，相当友好，跟我想象的一样。

“嗨，倪娜！你真是神速啊。”卡洛琳欢迎她说。

“是啊，真走运，刚好有两个病人取消了预约。你给我打电话的时候我就在想：看来是天注定让咱们两个坐下来好好谈谈。”

她们俩都笑了起来，看来她们俩是和解了。服务生走到我们的桌边。

“我不知道你怎么想，但是我觉得我们应该要两杯起泡葡萄酒烘托一下气氛。”

倪娜点点头：“对，这样特别的场合就要用特别的方式。请您给我们拿两杯起泡葡萄酒吧。”

我也要一杯！我要是会说话多好。如果说到特别的话，我也想尝尝，不过我只得到了一碗咖啡店提供的贴心狗零食。

服务员端来了两个装着明黄色液体的玻璃杯，两位女士伸手拿过来。

“好吧，亲爱的，为了我们的友谊庆祝！”倪娜举杯对卡洛琳说。

“对，为了我们的友谊！”

她们两个都喝了一大口。

“说实话，我很高兴你终于给我打电话了。我本打算明天给你打电话的。我觉得真不可思议，咱们俩居然会为了个男人吵翻了。”她说着摇摇头。

卡洛琳微笑道：“是啊，但是主要责任还在我，确实是，前段时间我总是找你诉苦。你说得没错，真抱歉，我会检讨的！”她举起了右手，“我保证！”

“事后我也反思了，而且我承认，我的反应有点过激了。不管怎么说我的确跟你说过，马克不适合我。我也不知道为什么那天我在公园里会那样失态，肯定是骄傲在作祟。”

“说实话，倪娜，如果我知道原来马克对你来说这么重要，我绝对不敢动他一根手指头的。为了让你放心，我已经拒绝了他的约会。”

“啊！”倪娜像是吓了一跳，“其实你不用的！别因为我这么做。我承认，当时我很生气，但是如果你们两个来电的话，我不反对。爱是神圣的力量，谁都无法阻挡。”

“不，这不是你的原因，至少不全是因为你。我跟你吵架之后想了很多关于马克的事，然后我突然有一种感觉，我周遭现在一片狼藉，我要在上周的各种混乱之后回归平静。现在我还没有准备好接受一个新的男朋友，即便是如马克这样优秀的男人也不行。”

我必须承认：贝克先生料事如神。一次又一次的事实可怕地验证了这只肥猫对各种状况的精准判断力。

倪娜想了想说：“本来我应该承认你说的是对的，但是我觉得你应该再好好考虑一下，优秀的男人可遇而不可求，记住我的话，实在少之又少。”

“现在我的问题刚好相反，我周围的好男人太多了。所以我现在要冷静一下，直到我想清楚，我真正喜欢的是谁。”

“啊哈，你这个做法挺不一般的。你把他们都赶走，然后确定哪个才是真命天子。好吧，延斯。毫无疑问，除了他还有谁？”

“你知道吗，我和丹尼尔约好了一起下厨的晚上——原本我想象得也很浪漫。我到现在为止都没有跟你说，因为我觉得你可能会嘲笑我。那之前我和丹尼尔之间关系有点微妙，于是我就想不如我们试试看好了。”

倪娜瞪大了眼睛说：“你想要跟丹尼尔在一起？”

“是，不过现在我已经又打消了这个荒唐的念头。丹尼尔是个很有吸引力的男人，他很幽默，很善良，很善解人意……”

“但是你们俩已经认识了快一百年了！不行，他肯定不行。你要想想，如果你们俩成不了情侣，以后要怎么办？”

卡洛琳点点头说：“是啊，今天我们已经预演过了。丹尼尔知道了我和延斯约会的事，我跟他说了，因为延斯把玫瑰送到了工作室，然后，丹尼尔激动得根本没法控制情绪。”

啊哈！现在我明白了，今天早上我还有点糊涂。不过显然那些花朵就好像狗狗吃的肉肠一样，是人类想要交配的时候送的礼物。

“我一点都不奇怪，丹尼尔有多爱你，我一直很清楚。但是你是否真的认真考虑过……我觉得没有！说老实话，丹尼尔就是太善良了！”

有一点我可以肯定——贝克先生需要找一个新的主人了，而倪娜就是他最完美的女神。我从未想过，人类和动物能产生同样的判断。不过只可惜，倪娜并不能称得上是一个爱动物的人，因此看来他们俩没办法组成这个梦之队了。

“你说得对，可怜的丹尼尔。”

“胡说八道。丹尼尔肯定是凝乳做的，连女人都比不上他的细腻。但是我现在最感兴趣的话题是：你是不是还要跟延斯见一面，还是直接让他进入你‘追寻自我’时期的受戒状态？”

卡洛琳叹口气说：“唉，今天晚上我跟他约好了，然后我就要告诉他，我以后不会再和他见面了。”

倪娜呼了一口气说：“你是认真的吗？对这么有型的人也这样？而且就在你们在易北河边度过浪漫的一天之后？你要不要去看看病？你肯定出什么毛病了。”

“为什么？我已经跟你解释过了问题所在。郊游确实很好，很浪漫，令人心动。但是我只是在享受整个氛围，我并不知道我是不是真的爱延斯。”

倪娜摇摇头说：“如果你今晚一定要告诉他这个不幸的消息的话，拜托把我的电话号码留给他，我可以接收他。”她们两个一同笑起来。

“顺便问一下，还有一点我很感兴趣。”卡洛琳越过玻璃杯沿看着倪娜说，“马克到底什么地方让你觉得不爽？”

“啊，那个故事很让人郁闷。我跟你说吧，我实在是不愿意讲。”倪娜深吸了一口气说，“我们第二次约会的时候我就发现了，尽管马克非常有魅力而且很有趣，但他好像跟我不在一个磁场上。这让我很失望。我们最后一次约会的时候，就因为我的一段愚蠢的评论，我们俩差点吵起来。”

“真的吗？你从来没说过。”

“你跟丹尼尔约好一起做饭的晚上我本来想讲给你听来着，但丹尼尔带着狗出去的时间太短了，我都还没有时间做足前戏，这件事困扰了我好长时间。”

“我怎么越听越糊涂啊。好啦，别玩文字游戏了！”

“我们那天也去了易北河，天气很好，我们本打算一整天都耗在岸边那些小吃店里。”

卡洛琳点点头：“对，跟熟人打打招呼。”

“没错吧，那时候我心情一般，因为上一次约会也跟我的想象不太一样，我觉得有一种不祥的预感，于是说话就有点刻薄起来。”

“对，我能想象到，我认识你也不是一天两天了。”

“当时，我俩正坐在我们的野餐垫上，吃着马克从小吃店买来的热香肠和土豆沙拉。同时，有一家人把野餐垫铺在了我们旁边，他们家有两个鼻涕邋遢的小孩，其中一个是个婴儿，一直哭闹不停，另外一个是个两三岁、大小便都分不清的孩子，他一直在人群里跑来跑去，时不时还扬起沙子玩，简直是一场噩梦。”

卡洛琳笑了：“我很好奇后来发生了什么事，我知道你很不喜欢小孩的。”

“对，你不太一样，我知道你真的喜欢孩子。但不是所有人第一眼看到这么两个小孩都会心生怜爱。我当时就觉得我们根本没办法聊天，因为那个婴儿一直不停地大声叫喊。还有另外那个小孩，总是把沙子铲到我们的土豆沙拉上。于是，我就率直地跟隔壁野餐垫上那两个失败的教育者说明了我对他们孩子的看法。好吧，可能我嗓门有点大，但是我已经尽量压住怒气了。”

“马克不赞同你的行为，是不是？”

倪娜点点头：“可以这么说吧，他真的被我吓傻了，然后对着我大喊大叫，说我应该冷静点。他说，他们毕竟是小孩，又不是故意这样的。他就当着那么多人的面对我喊叫，那一刻我真的觉得尴尬极了。我站起来，把马克和撒满沙子的土豆沙拉留在了那里，然后在路边搭了一辆公共汽车就回来了。故事大概就是这样，直到向我要你电话号码的那天，他才给我打电话。”

“天哪！这个故事真的太可怕了！他一个电话都没给你打？”

倪娜摇摇头说：“没有，我也没给他打。好吧，可能应该是我打给他，但是我没有。后来我们见面的时候我听说他跟你约会了，这让我有点接受不了。”

“我明白了，对不起。我一点都不知情。”

服务员又来到了桌边：“请问你们还要点餐吗？”

卡洛琳和倪娜看看她，都开始坏笑。然后两个人异口同声地说：“好，再来两杯起泡葡萄酒！”

二十三

我不是特别清楚，狗是不是会有这些想法，但是，如果这些感觉只是两条腿走路的人类才有的话，那我会感到失望，特别失望。

我躺在花园里我最喜欢的那个地方，天气晴朗，鸟儿在树间鸣叫。我刚刚吃了很美味的食物，卡洛琳也带我出门散步了。工作室一片祥和的气氛：丹尼尔和卡洛琳又和对方说话了。尽管如此我还是号叫起来，我的号叫声把贝克先生召唤来了。

“你这是怎么了？”他问，“你哪儿疼吗？”

“没错，心疼。”

“这是为什么？”

“一事无成，我付出了那么多的努力，想要给卡洛琳找个男人，现在她让我的努力都付诸流水了。并且，她还要拒绝延斯，那我们又回到原点了。”

贝克先生坐在我旁边说：“是啊，你可以换个角度看：你想要给卡洛琳找个男人，因为她单身，而且非常不开心，但她现在觉得想要尝试着独自生活一阵子，这就说明她不再伤心了。你也不用帮她寻找了，算了吧。”

“不！不能算了，因为我不开心，我想要一个男主人。你知道吗，我和延斯还有卡洛琳去易北河边的那天简直堪称完美，就好像是这样的：一只狗和一对幸福的情侣。自从那之后，我明白了，我只是单纯地希望卡洛琳能早日坠入爱河，是不是延斯都没有关系。你知道吗，我希望有一个真正意义上的家庭，群居。”

贝克先生叹了口气说：“你们这些狗真是永远也不明白！你们为什么一定要一心扑在人类身上？那只会给你们带来愤怒！人类永远都不会成为你的家人，海格力斯，别胡思乱想了，快点面对现实吧！”

“但这是我的愿望啊！”

“那你就继续失望吧，如果你坚持留在人类身边，那这绝对不会是最后一次失望，我可以肯定地告诉你。”贝克先生说完这些话就转身慢步离开了。

他怎么能这么从容不迫？这根本算不上是安慰。

我坐下来，决定忽视贝克先生明智的建议。一只狗当然可以成为人类家庭的一分子，我坚信这一点。猫也可以，只要他们愿意。这又引发我回到了之前的想法：我怎么才能构建一个家庭呢？也许对于延斯和卡洛琳来说还不算晚，今天晚上他们不是还有一个约会嘛，我是不是应该给他们制造一点气氛？卡洛琳不是也说了嘛，她觉得跟延斯度过的那天超级棒。无论如何我都必须插手他们的约会，来吧，看看能做些什么！下午剩下的时间我都暗中窥视，卡洛琳别想把我一个人留在公寓里独自离开。

事实上，她今天真的比往常收工的时间要早，她上楼换衣服。在她第二次走进卫生间的时候，我紧跟着她的后脚跟，寸步不离。

“嘿，海格力斯！你今天这是怎么了？怎么这么黏人呢？”她站在卫生间门口把我轰开，然后关上了门。

好的，只要她一出来，肯定会经过我身边，除非她从窗户爬出去。

她当然不会爬出去，过了好久之后她又出现了，穿上了那条黑色的短裙，就是我们上一次一起评价过的那条，另外她还把头发卷起来在脑袋上堆成一座小山。我心头涌现出了希望——如果卡洛琳花这么多时间精心打扮自己的话，就表示她有可能还会考虑延斯。

门铃响了，延斯出现在门口，卡洛琳在门口迎接他，两个人互相亲吻了脸颊，然后她弯下腰。

“那么，海格力斯，你今天晚上要留在家里了。要听话，不要再从阳台跳下去了！”

什么！我不要留在这里，我跑到延斯身边用后腿支撑站立起来，他笑了起来。

“看来你的狗非要跟着咱们一起去啊，这么说我的肉肠已经深深打动他的心了。”

“这可不行，必须把他留在家里。”

呸！你真是冷酷无情！我绝对不同意你的做法。卡洛琳打开房门的时候，我像风一样冲了出去，率先来到楼梯间。我跑下楼，真走运：养虎皮鹦鹉的迈耶正好回来，我就贴着她脚边跑到了房子外面。那辆没有顶篷的车已经停在那里了，我心满意足地来到了车旁边。如果我的腿不是这么短的话，肯定一下就能跳上去，就不用等延斯和卡洛琳了。

“你看你有多不听话！”卡洛琳冲着我过来，边走边骂，“如果我说让你留在家里，你就必须留在家里！”

她伸手来抓我，但是趁她手碰到我的项圈之前，我跑到了延斯身边，然后用摇摆的尾巴蹭着他的小腿。此外，我还试着用友好的声音叫着，延斯弯下腰把我抱起来。

“喂，小家伙，我想要带你一起去，但是你的女主人今天非常严厉，我都有点怕她了。”

卡洛琳笑了：“你们两个男性既然已经有了共识，那我就不反对了。那我们就带上他吧。”

“看到没，小狗，走运了吧，我们要出发了。”

他把我放到副驾驶的座椅下面，然后他们两个上了车，我们出发了。坚持就是胜利!

我们来到餐厅，我不明白卡洛琳为什么不想带我来。这明明就是个露天的啤酒花园嘛，我一眼就看到有两条狗趴在桌子下面：有一条是上了岁数的拳师犬，还有一条漂亮的母黄金猎犬。我们在她旁边的桌子坐下来，她向我谦和地点了点头，我趴下来好把她看清楚一些。也许我不应该把全部心思都放在卡洛琳身上，而是该多关心关心我自己。不过另一方面，我今天必须竖起小耳朵，听听卡洛琳会说些什么。她一提到要追寻自我那件讨厌的事，我就要跳出来阻挠。

他们最开始的对话都围绕着点餐，卡洛琳点了一杯水，延斯笑了。

“我还以为我们为了庆祝这个美丽的夜晚应该点起泡饮料呢，你知道我指的不是起泡苏打水。”

“你可能不相信，我今天早晨和倪娜已经喝了两杯起泡葡萄酒了，为了纪念我们的和解，之前我们俩的关系有点紧张，所以今晚我还是不喝酒精饮料了吧。”

“没关系，你随意，我不会劝你喝的。你们为什么会有矛盾？”

“啊，那故事可烦人了，我无意间跟一个她特别喜欢的人约会来着，把她惹生气了。”

“无意间？这有点意思，那是怎么回事呢？”

“嗯，其实也算不上是约会，而是……唉，我也不知道，反正倪娜就是生气了。”

“哦，一个算不上约会的约会，我明白了，你这个女人很贪婪。”

他笑着伸手去握卡洛琳的手，她有点犹豫，就在她想要抽回手的瞬间，我猛地跳起来开始叫。卡洛琳弯下腰来。

“嘘，海格力斯，你干什么呢？”

“是不是看到别的狗了？”

“海格力斯原本没有这么爱叫，可能什么东西吓着他了吧。”

对，我是吓着了。一想到卡洛琳即将要把这个男人也赶走，我就吓到了。尽管我打断他们的方式有点简单粗暴，但是情况真的逆转了，我只是盼望不要整个晚上都这样。

结果整个晚上都是这样，我一感到卡洛琳要提起那个讨厌的话题，就狂躁起来。每隔十分钟就有这么一次，卡洛琳气坏了。

“我真想知道，你今天到底是怎么了？”她怒气冲冲地训斥我，“我就应该把你留在家里，那就好多了。你今天真是特别没礼貌！如果你再继续这样，我就把你锁在车里。”

好吧，那可太糟了，也许我应该老实一会儿了。我听话地趴在了卡洛琳的椅子下面，邻桌的那只母黄金猎犬兴趣盎然地盯着我。

“告诉我，小家伙，你是不是膀胱有问题？”

“啊，我吗？为什么？”

“因为你一直坐立不安的。”

真丢脸，这个美丽的女士竟然以为我小便失禁，那样我的确坐不住。

“唉，我这么不安，是因为我要阻止我的女主人犯下一个巨大的错误。”

“什么错误？和这个男人在一起吗？他看起来还不赖，声音也很好听。”

“我也这么觉得。我们的麻烦刚好相反，我害怕她会失去他。”

“啊哈，那她一定有原因的。”

“我不这么想。她很喜欢他，但她想要先追寻自我，太糊涂了，是不是？”

“小家伙，要不要听听我的看法？”

“非常乐意。”

没想到我竟然能借此机会接受这么有魅力的一位女士的忠告，也许她曾经经历过跟卡洛琳相同的情况。

“别插手人类的琐事，那只会给你带来愤怒。你刚才的那些行为，只会让人觉得非常幼稚。”

晕。我严重怀疑这位女士跟贝克先生是笔友。我备受打击地回到了卡洛琳的椅子下面。我不管了！你想干什么就干什么吧，但是以后不要怪我没有提醒你。

那天晚上剩下的时间里，我都像傻子一样待在卡洛琳的椅子下面。卡洛琳接下来却没有把那个噩耗告诉延斯的意思。她是不是开始回心转意了？就在他们两个站起身，准备离开的时候，延斯提出了一个让我心花怒放的建议。

“我们再和海格力斯一起散会儿步好不好？上次我们去了易北河，我们现在可以再带他去看看阿尔斯特湖，好不好？不管怎么说，他后面的这一小时都特别安静，你的责备看来很奏效。我们得奖励他一下，加深他对正确做法的印象，你觉得怎么样？”

“好呀，为什么不呢？这个主意很好。”

我的心跳加速了。卡洛琳肯定有其他的想法，我非常肯定，否则她肯定会表示感谢然后拒绝。

那个叫阿尔斯特的湖，就在离我们吃饭的餐馆不远的地方，我们在湖边宽敞的路上闲逛。平常我早就跑开了，去侦察沿途的情况，但是我现在更愿意听他们两个聊了些什么，所以就寸步不离地跟着他们。接下来延斯用手臂搂住了卡洛琳的腰！突然间我的心脏跳得特别快，我实在是太激动了。卡洛琳会有什么反应？

她一开始什么都没做，这是一个很好的征兆。他们两个继续往前走，我跟在他们身后。

“你知道……”卡洛琳要说什么，可是又咽了回去。哦，哦！这不是个好兆头吧。

“怎么了？”延斯停下来。他们两个互相看着对方，他握住了她的双手。

“其实，我觉得你人特别好，延斯。但是我觉得我还没准备好，我害怕你对我的期望太高。”

“你在说什么？”

“就是说，我们在易北河边度过了浪漫的一天，今天晚上即便是带着海格力斯，我们也过得非常愉快。但是我想，你现在期望的，比我能给你的要多，我不想让你失望，所以我觉得我最好还是跟你直说。我觉得我现在还没做好准备开始一段新的恋情，在我开展下一段恋情之前，我必须要理清我的思绪。”

延斯放开了她的手：“啊哈。”

他没说别的。哎哟喂，我最好还是藏在那个灌木丛下，我觉得这个气氛让我觉得特别不舒服。

“你生气了？”

“没有，我只是有点失望。”

“是啊，我想也是，我当然可以感觉得到。”

“没有，我不是那个意思。我失望的是，没想到你竟然这么认真地考虑我们的关系，而且还担心我会要求跟你确定关系。”

“是啊，你没有这么想吗？”

延斯笑着说：“没有，当然没有，我已经有一个女朋友了。”

什么？我们面前显然站着一个托马斯二号。

“是吗……但是……我不知道。”卡洛琳的声音有点慌张。真的。

“听好了，小姑娘，你不看八卦杂志吗？”

“不，从来不看。”

“好的。”延斯用一副救世主的口气说，“看来你是真的不知道。你要是看过的话，就应该知道，我四年前就和名模艾蕾萨·冯·勋宁在一起了。”

“但是……你想从我这里得到些什么？为什么你要跟我来往？”

“因为我觉得你特别可爱，我想找点乐子。艾蕾萨知道，她无所谓。我以为你知道呢。”

即便我会说话，也会瞠目结舌的。这厮比托马斯还要烂！他的良心已经烂掉了。卡洛琳也被他的这番话深深打击了。

“你不说话，我就认为你放心了，你不会反对寻欢作乐的是不是？你不要担心我会对你动真感情了，你可以彻底放心。”卡洛琳一言不发，只是盯着他。

“嘿，卡洛琳，笑笑！”延斯轻轻推了推她。我冲着他呜噜起来，把你的手从这个女人身上拿开，马上！

“妈的，你的狗这回真的生气了，今天到底是怎么回事？我还以为他喜欢我呢。”

“是啊。”卡洛琳平静地说，“我也以为我喜欢你呢，看来是我会错意了。我现在想回家了。”

“好吧，走吧，我不知道你怎么突然间情绪这么低落。我觉得没发生什么特别的事情啊，真可惜。”延斯坏笑着说，卡洛琳生气地看着他。

我们坐着敞篷车回家了。我的耳朵在风中飘着，这种感觉实在是太好了，但我心里非常不舒服。我觉得自己就是个超级大傻瓜，居然还想撮合卡洛琳和这厮在一起。如果那样的话，后果真是不堪设想！看来我完全无法理解人类的思维，就连卡洛琳也无法理解，但我知道，这个想法只不过是一种无力的自我安慰罢了。

延斯把车停在房子前面，卡洛琳正要跟他道别，延斯突然凑过来，几乎贴着她的脸颊。

“卡洛琳，现在我是认真的，你和我——很来电。我们至少应该试试，我会真心对待你的，我觉得跟你在一起很开心。你现在有点抗拒我，反而让我觉得更有意思了。”

卡洛琳什么都没说，伸手去拉门把手。延斯把她的手拽回来，又把她按在座椅上，然后开始亲吻她的嘴。卡洛琳尖叫着想要把他推开，但是延斯牢牢地按住她的手，继续亲。

我完全吓呆了——这不是真的。

但我没有愣多长时间，我从驾驶位下面冲他们两个扑了过去，并且直接对着上次我咬过他的那个位置狠狠地咬了下去。他吼叫着想要打我，自然就放开了卡洛琳。她趁这个机会拉开车门，抱着我跳出了汽车。延斯疼得大叫不止，卡洛琳重重地把副驾驶座的车门摔上，朝着房子跑去，但是她突然又想起了什么事，又转身回到车子旁边。

“代我向艾蕾萨问好。不用担心，据我所知，破伤风预防针有效期长达十年。”

二十四

“啊，这就是英雄狗啊！”倪娜说着向我走过来，俯下身子，像招待贵宾那样将一截肉肠郑重其事地递到我面前，“你做得对，我想，乌兰德先生肯定会想你的。真乖！”

我承认，我的这个举动相当成功。昨天晚上卡洛琳让我和她一起在床上睡觉了，这是给像我这样英勇无畏的腊肠狗最好的奖励。我心满意足地叼起了肉肠，倪娜又让卡洛琳讲了一遍昨晚的故事细节，她时不时还用“不可思议”或是“那可不行”评论，她们不停地抚摸我。这时候我就舒展四肢坐在卡洛琳的沙发上，坐在她们两个中间。天哪！我喜欢她们挠我的肚皮！这样的生活多美妙啊，也许我们不需要男人。

“你告诉丹尼尔没有？”

“没有，我也不想告诉他。尽管我们又和好了，而且他说他很好，但是即便如此，我们之间的气氛还是有些尴尬，我不想让这种幽会时遇到的惊心动魄的事件刺激他。”

“嗯，那倒是。但是一切都会恢复原样的，我肯定。”

这时候门铃响了。

“你还有客人吗？”

“没有，我只叫你来了。奇怪。”

“也许是乌兰德先生带着玫瑰向你道歉来了？”

“晚上九点？还真有可能。而且那厮肯定没有一丝愧疚感。”

门铃又响了一下。卡洛琳站起身向对讲机走去，通过对讲机可以和楼下大门外的人对话。

“您好？”

这时候响起了敲门声。

“是我，丹尼尔，我已经在你门口了。”

卡洛琳回头用疑惑的眼神看看已经走到她身边的倪娜，然后打开了门。真的是丹尼尔，可是他看起来跟平常不太一样，有点——悲伤，还带着一丝坚决。

“你好啊，卡洛琳。非常抱歉这么晚来打扰，但是，我必须跟你谈谈。”

这时候他才看到倪娜：“哦，你好啊！”

“你好啊，丹尼尔！你还好吧？”

“很好。我要和卡洛琳说点重要的事情，麻烦你能不能回避一下，让我们两个单独谈谈？我知道这不太礼貌，但这件事真的很重要。”

我觉得我后背的毛都竖起来了，丹尼尔的声音听起来让我有种不祥的预感。倪娜显然也这么想，她询问地看着卡洛琳。

“没关系，倪娜。”

“那好，我收拾一下东西。再见了二位，回见。”

她走了以后，丹尼尔把夹克挂到衣架上，然后坐到沙发上。卡洛琳跟着他，坐在对面的沙发椅上。

“什么事这么重要？”她问道。

“我不想拐弯抹角的，我下个月开始可能要离开三个月。”

“什么？”

“没错，奥罗拉已经问过我很多次，是不是可以陪她一起去巡回音乐会，我要随时给她调试小提琴。”

“你要跟奥罗拉一起旅行三个月？你不是认真的吧？”

“我是认真的，我必须离开。你知道吗，我考虑过了，别无选择。我们的事情弄得我快疯了，每天你在我面前，我做不到，太痛苦了。所以我觉得我们需要点距离。”

卡洛琳说：“抱歉，我不知道你这么痛苦。”

“那不是你的错，我也没想到。另外，你并没有像我爱你一样爱我，所以只不过是我单相思而已。”

“你会回来吗？我的意思是，三个月以后？”

“老实说，我也不知道，但是我现在还做不了决定。我仍然会支付我在工作室的那一部分投资，这点你不用担心。”

卡洛琳站起来坐到丹尼尔身边，然后她紧紧握住他的双手：“丹尼尔，那些都无关紧要。事情变成这样，我很难过，因为你是我最好的朋友。”

“我明白。但是现在我实在不能再忍受只做你的朋友了。”

我睡得正香，突然有人摇晃我的睡篮。我向上看看，是老冯·艾舍巴赫！他愤怒地注视着我。

“快，站起来，没用的家伙！你在这里待得太舒服了。我认为应该让卡洛琳跟你保持一定距离，至少三个月，带上你的骨头跟我走！”

我的心脏开始剧烈地跳动，想要找个地方藏起来，哪里？冯·艾舍巴赫伸手来抓我，看来无路可逃了。我害怕地号叫着想要钻到一个角落里躲起来，但是他早就已经把我抓住了。哦，不！我又要回到动物收养所了！

“海格力斯，醒醒！你做梦啦！”

我谨慎地往上看看——看到了卡洛琳的眼睛，她正好奇地看着我：“我的宝贝，你做什么梦了？你又梦到去捉兔子了吗？”

捉兔子？她怎么会这么想。我跳出睡篮，紧挨着卡洛琳蹲下来。

“你发抖了，小可怜。做了个噩梦是不是？放心吧。我也睡不好，老想着丹尼尔，为什么事情总是变得这么复杂呢？”她叹了口气。人类总是把问题复杂化，我早就这么说过。作为安慰，我舔了舔她的脚趾。她笑着说：“真痒痒，海格力斯！”

她托着我的小肚子把我抱起来：“我有个非常好的主意，可以让我们平静地度过今晚，你今天又可以跟我一起睡觉了，我也不想这么孤独。也许我要把你惯坏了，不过我不在乎。”

没错，不在乎万岁！

来到卡洛琳的床上，我马上就依偎在一个枕头上。卡洛琳也躺下来，轻轻抚摸着我。

“你知道，也许我追寻自我根本毫无意义。我想那天我只是突发奇想，但是现在我已经不那么确定这个做法是否正确了。好在发现了延斯是个不折不扣的浑蛋。可是丹尼尔却因此离开了，我是不是做错了？我的意思是，让他离开是不是个错误？我真希望你能说话，海格力斯，我特别想听听你的意见。不过反过来想：我还能做什么？丹尼尔的期望我没办法满足他，因为我根本不爱他。我真希望我能爱他，但就是做不到。”

她安静了好一阵子，我以为她睡着了，但是，她突然又开始说话。

“我觉得我也不需要再联系马克了。哦，天哪，我把整件事都搅乱了。我觉得他很有魅力，为什么我要跟他说，我不想再见到他了呢？”

是啊，确实。到底为什么呢？这一步棋下错了，我想告诉她。或者更准确地说，如果我能说话的话，我真想告诉她。但是没有一个人类愿意听我说话。

“马克人很好，是不是？”我舔舔她的脸颊表示肯定，“咦，海格力斯！我知道你也这么想，你喜欢他，我也喜欢他。说老实话是倪娜干扰了我们，不管怎么说她都是我的闺密，我总觉得她还没有对他死心，这样可不好。你明白吗？”

突然间我又想到了我那个幸福家庭计划。也许我们就快达到目标了，尽管我不知道怎么做，但是那是次要的。首先我要把自己定位为女性知音，这样卡洛琳也许会多说一些有关马克的事。我努力用忠诚的眼神望着卡洛琳。

“嘿，这是最纯正的腊肠狗的眼神。你是不是觉得错过马克是个错误？确实，但是倪娜的反应真的有点过大了。可怜哪，她的确不喜欢孩子，但是当着那么多人的面对她大喊大叫也不对，是不是？”我又眨眨眼睛，伸着鼻子向她闻了闻，“他这么做不太得当。”

呸，不是这么回事！我摇摇头，发出了一点呜噜声。

“好吧，我们在这点上意见不统一。我觉得他的做法有点不得当，也许当时他只能这么做。我想，在经受过托马斯以后，我最好还是不要找个易怒的人。”

呼！她又在说什么了？谁知道马克和倪娜究竟对对方说了什么。依我看，马克是所有人当中最适合我们的那一个。如果我有什么事，卡洛琳就会马上给他打电话，也就把追寻自我这件事搁置起来了。以后她会经常这么做的。我轻轻碰了碰她，没有反应，不可思议，卡洛琳真的睡着了，我们聊得正高兴呢。

我可睡不着，我的脑袋里思绪万千。我想总结一下一周以来我对人类的一些新的认识，有关卡洛琳和男人们。第一，她觉得马克人很好。第二，她却不想和他说话，因为他们在咖啡馆的对话非常不愉快。第三，他们说好不继续发展。没错，这是重点！接着是第四，我要把马克找回来，让他们俩谈谈。但是我怎么做才好呢？我到底该怎么办？

二十五

“那么，你的结论就是，马克是卡洛琳的真命天子，只不过她不愿意承认。因为这意味着她必须要主动联络他，但是这让她感到很丢脸，所以她就选择自欺欺人，说他不适合自己。”贝克先生认真地思考着，“真是善变啊。你知道的还真不少，不过我一点都不意外，谁让你有个顶级的导师呢。”

“对，你料事如神。但是，你觉得我现在应该怎么做？不管怎么说这件事还是很复杂。我不可能冲到马克面前说：嘿，打电话吧！另外我也担心，如果他出现了，却什么事情都没发生。”

贝克先生点点头说：“是啊，确实很复杂。”

我们都沉默了。过了一会儿贝克又说：“归根结底，你唯一能做的就是：跑到诊所去，希望马克能够理解这个信号。”

“信号？什么信号？让他跟着腊肠狗一起来？”

贝克先生笑着说：“看吧！你还是不完全了解人类。是这样，如果人类特别想要做什么事情，他们就会倾向于主动发现各种信号。而其实绝大多数这种信号跟事件本身都没有直接关系。我们可以举个例子，比如说人类想要孩子，那么当他们偶然间看到一辆童车的时候，就会马上把这当作他即将得到一个后代的信号。实际上，这只能说明，有个人把童车放在他走过的那条路上了。”

“是这样啊。”

其实我并不完全明白贝克先生的话，马克和卡洛琳的事跟童车有什么关系？显然我看上去似懂非懂的，因为贝克先生摇了摇头，又摆出那副救世主的架子。

“这非常简单，海格力斯，如果马克想念卡洛琳，一看到你，就觉得这预示着自己应该给她打个电话。”

“对，我也是这么想的，这只是我的一个计划。”

贝克先生不耐烦地哼了一声说：“没错。但是马克不知道，他不会想到一只腊肠狗会有什么计划。他只把你看作一只头脑简单的动物，因此他只会把你当成一个信号。明白吗？”

说实话我不明白，但是我不想承认。

“那我就跑到马克家，然后期望他在那儿能看到我？”

“对，你就这么做吧。”

来到诊所，我才发现，我们的计划有一个致命失误：这个时间马路上特别喧闹，马克可能根本听不到狗叫。另外他有可能根本不在家，而是在诊所里工作。如果我走进去的话，我也没办法对付前台的那个女助理。而如果没有主人带领的话，我可能很快就会被轰出来了，上次我在这里追波波和白雪的时候肯定留下了不好的名声。

我在楼门入口的人行道上坐了下来，前思后想，要不要回家？找

Puppy Love!

贝克来帮忙？不，这是我唯一的机会，到候诊室去，然后设法让马克看到我。

有一个女人抱着猫走向楼门，我做好了准备。她按了门铃，门开了，我跟着她溜了进去。那只猫兴致勃勃地观察着我："喂，小短腿，偷偷来找兽医看病吗？你的女主人不相信你生病了是吗？"

我摇摇头说："不是，我正在执行秘密任务。如果非要说我得了什么病的话，那我只能说：心病。不过不是我，而是我的女主人，还有兽医先生。"

"这样啊。不过他的确很受欢迎，这个消息要是传出去，对这个诊所来说肯定是个重磅炸弹。宝贝，这里有一半的病患都是被硬拖过来的，因为他们的女主人想要跟兽医聊天。比如我吧，自从瓦格纳从他父亲手里接过诊所之后，我就成了这里的常客。"

我很高兴。这么优秀的人才配得上卡洛琳嘛，谁也不想把滞销品买回家，这说明我应该赶快出手了，对手们已经各就各位了。

猫的主人终于在前台停了下来，给她的宝贝挂号。那个年轻的女助理看了看猫，又看了看我。

"哦，您现在还养了一只狗啊，乌尔班茨克女士？"

她摇摇头："没有，为什么这么问？"

"这个小家伙是跟您一起进来的。"她指指我说。

"啊，我不认识他，他可能只是跟着我跑进来的吧，这不是我的狗。"

那个穿制服的年轻女助理环顾了一下候诊室："哪位是这只狗的主人？"

联排的塑料坐椅上坐着三个人，他们都摇摇头。那么如果瓦格纳还不出现的话，我的计划就要失败了，我肯定会被这个助理赶出去的，我亮出了那个会让人心生怜爱的眼神。

“嗯，我好像在哪里见过这只狗。但是没有主人的话我分不清这些动物。”她想了想，“我们该拿你怎么办呢？我也不能把你留在门口。如果你一个人跑来的话，我们只能把你送到动物收养所去，等着你的主人去找你。”

呜！收养所？不可以！该死，我真是主动上门送死啊。哎哟喂，我怎么才能出去啊？瓦格纳医生到底在哪里？这时候诊室的门开了。我真应该感谢造物主，但是从门里出来的不是马克·瓦格纳，而是一个小姑娘，看来今天要失败了。那个小姑娘看着我，她有一双特别大的蓝眼睛，一头棕色的卷发，鼻子上还有许多棕色的小点。

“你是下一个吗？你叫什么名字？”

“我们不知道他的名字。他是自己走进来的。”助理告诉那个女孩，“我正准备给动物收养所打电话。”

“不要！”小女孩叫道，“他真可爱！”她在我面前蹲下来，挠着我耳根，“那我收留他吧。等等，我要问问爸爸！”

那个女助理笑着说：“但是，露伊萨，事情没这么简单。我肯定这个小家伙有主人，可能正在到处找他呢，动物收养所会照顾到他被主人领走为止。”

那个叫露伊萨的女孩撇撇嘴说：“他这么可爱，我也想养他！”她一边说着一边朝诊室走去，通过那个半开的门能听到她在跟某人说话。

“爸爸，外面坐着一只可爱的小狗，是自己来的。你看看，我觉得他需要帮助，我们能不能养他？王可女士说要把他送到动物收养所去。”

爸爸？那个孩子到底在跟谁说话？

诊室的门开了，露伊萨走了出来，还有马克·瓦格纳！瓦格纳是“爸爸”？也就是说瓦格纳有一个孩子，也就是说他还有一个太太？

我彻底凌乱了，一屁股瘫坐在地上。

“海格力斯！你在这里做什么？”

“您认识这只狗？”

“对，王可女士，这是诺依曼女士的狗。他是自己来的吗？”

“是的，乌尔班茨克女士进来给她的猫挂号的时候，他就跟进来了。我刚才还想要给动物收养所打个电话，但是如果您认识这只狗的话，那我就给他的主人打个电话好了。”

马克·瓦格纳考虑了一下说：“您先等一下。你跟我进来，海格力斯。”

“我也要进去！”露伊萨叫着跟在瓦格纳后面进了屋。我们走进诊室后，瓦格纳把门关上。然后他把我抱到诊疗台上看着我。

“来，海格力斯，给我讲讲，是不是又有谁遇到紧急情况了？”

露伊萨笑着说：“但是爸爸，狗是不能说话的。”

“你会吓一跳的，宝贝。这只就会！”

没错！我短叫了一声表示同意，露伊萨睁大了眼睛。

“那么，卡洛琳知道你到这里来了吗？”

我用尽全力摇了摇头，我小心地用牙齿叼住瓦格纳的制服袖子，然后拉了拉。

“你要我跟你去？去找卡洛琳？”

我狂叫了两声。我不知道是不是应该这么直接地给他信号，但是现在也没办法咨询贝克先生了。

“但是，海格力斯，我不知道这样做好不好。”

啊哈，他有太太了，可能他是这个意思吧，我沮丧地低下了头。

“走吧，别伤心了，我很愿意跟你一起去。但是你的女主人很明确地跟我说，不想再跟我见面了。我觉得，违背她的意思可能会惹她不高兴。”

不是因为其他女人？还是这是他的战术？我被他搞晕了，但是我认为这时候不能转移注意力。瓦格纳显然对卡洛琳很感兴趣，这对于我来说就足够了，或许他可以合理地解释这一切。

“我有一个更好的主意，不过你必须要对我诚实，你还记得上次你发病我去给你检查吗？”

我怎么会忘记呢？我又试着点了点头。

“太好了。我当时就有一个感觉，你身体非常健康。于是我就想，你的这个病症可能是你凭借高超的表演天赋演出来的是不是？”

被识破了，真不好意思。

“爸爸，我听不明白了。”

“等一会儿，露伊萨。海格力斯，来，发病给我看看！”

拜托，这怎么还变成命令了？

“发病，快！”

那好吧，如果他想看的话，那就让他看好了。我顺着左侧倒下，然后前后爪同时抽搐起来。我身体扭曲着，嘴里吐着白沫，哀叫，还要注意不要从诊疗台上掉下去。我发现这是一个能让人过目不忘的演出。露伊萨的眼睛又睁大了一些，瓦格纳在一旁坏笑。

“天哪，我们的腊肠狗简直就是国宝级演员。我早就应该想到。那么，乖狗狗，你能停下来了吗？”

我安静地躺在那里不动，露伊萨挠挠我的肚皮。

“简直就像是在马戏团里，爸爸！”

“没错。”

“那现在要怎么样呢？”

“现在可爱的海格力斯应该跑回家。海格力斯，到了家，你就要像刚才那样当着你的女主人的面再演一次发病。不出我所料的话，她肯定会给我打电话，然后我就作为急救医生再次出现，明白啦？”

明白了！这真是个完美的计划，他可以毫无障碍地跟我还有贝克先生交流。我一翻身又站了起来，然后短叫了一声。瓦格纳把我从诊疗台上抱下来，并且把我带到外面。

“好吧，你知道该怎么做了。我等着卡洛琳的电话！”

我剧烈地扭动着身体，这是我演得最卖力的一次。今天丹尼尔刚一走，我就在工作室里摔倒在卡洛琳的脚边。她显然被我的发病吓到了，脸色煞白。我希望她的反应跟瓦格纳的预想一致。

果然，她拿起了电话！

“我是诺依曼。我可以和瓦格纳通话吗？谢谢。”她等了一小会儿，“你好，马克，我是卡洛琳。非常抱歉打扰你，但是海格力斯又犯了上次那个可怕的病，好像比上一次还要严重。啊？你马上过来？太感谢了，你真是太好了。我们在工作室里。”

达到目的了！我可以慢慢地停下来，累死我了。我安静地背着她躺在地板上，装作筋疲力尽的样子，卡洛琳坐在我旁边的地板上抚摸着我。

“可怜的海格力斯，我真是担心死你了，瓦格纳医生马上就来了，一会儿就没事了，我保证。”

过了一会儿门铃响了，瓦格纳马上冲进来。他一进来就把急救箱放在我旁边，然后他开始像上次那样给我检查，看看这里，再看看那里，最后在卡洛琳旁边坐下来。

“我不能排除羊角风的可能，所以我要给你点建议：反正我明天一早要去艾舍巴赫堡，如果明天早上我带你们两个一起去的话，你觉得怎么样？那样我们马上就能知道海格力斯是不是在冯·艾舍巴赫家出生的，看看他是不是遗传了羊角风。”

“嗯。”卡洛琳的声音很低，“这个主意听起来不错，我很愿意去，太感谢了。”

艾舍巴赫堡？跟卡洛琳和马克一起去？太激动人心了。我高兴地差点跳起来，但是我忍住了，那样的话看起来就不像是筋疲力竭了。

蓝色的天空散发着迷人的光芒，重要的日子就该如此。这一天对我来说毋庸置疑是个重要的日子，我又可以看到艾舍巴赫堡和我的家人了。如果瓦格纳的计划成功的话，这是他和卡洛琳最好的机会。我一点都不知道他有什么打算，但是我相信他已经精心设计过了。贝克先生怎么说的来着？一个需要一只狗助他一臂之力捕获心爱女人芳心的男人，根本没有胜算。不过这次我还是要坚持到底。

我急不可耐地想要看到瓦格纳快点出现，卡洛琳看起来有点紧张，她总是看表。有人在敲落地窗的玻璃。瓦格纳——他带着露伊萨一起来了。

卡洛琳打开了门。

“早上好！怎么样？准备好去郊游了吗？”

“早上好，我已经准备好了。”她看了看露伊萨。瓦格纳顺着她的眼神看过去。

“我今天带她来想要介绍给你，这是露伊萨，我的女儿。露伊萨，这是卡洛琳。”

希望这是个好主意。母狗一般不会喜欢其他母腊肠狗的后代，但愿人类不同。卡洛琳的表情告诉我，在人类世界也是一样。

“你的女儿？我不明白……”

“我结过一次婚，露伊萨是我的女儿，她多数时间和她的母亲萨碧娜住在一起。但是现在学校放假，一般这时候露伊萨就跟我一起。”他深吸了一口气。他要说到重点了：“因为这对于她和我来说都非常重要，所以我想要让她认识你。”

“你有一个女儿。”卡洛琳又重复了一遍他的话，好像没听懂似的。

“对。她是个非常棒的小姑娘。”

露伊萨向卡洛琳伸出手来说：“你好！”

卡洛琳笑了，我心里一块巨大的石头落地了。

“你好，露伊萨，很高兴认识你。”

“我可以到花园里去玩吗？我看到那儿有一个秋千。”

“当然可以，去吧。”

露伊萨一走开，他们两个先是一言不发，然后马克清了清嗓子。

“露伊萨经常来我这里，我不想当一个周末爸爸，我不想那样。我们离婚后想要尽量减少她的痛苦，萨碧娜和我考虑是不是让露伊萨以后都搬来跟我住。萨碧娜是空姐，她必须要工作。说实话，我很高兴让她搬过来。尽管这可能会给我带来更多的压力，但是我很愿意每天都看到我的女儿。她成长得太快了，这样的时间转瞬即逝。”

“你是因为这个跟倪娜吵架的吗？因为她告诉你她觉得孩子们太讨厌了？”

瓦格纳点点头：“这是一个原因，但不全是，第二次见面的时候我就发现这是我们俩之间无法跨越的鸿沟。但是她在河滩发的那场无明火实在太激烈了。我还没有告诉她关于露伊萨的事，正准备和她讲呢。就是这样，你知道整件事的来龙去脉了。对于我来说，孩子至关重要，我当时就知道我们两个不可能了。”

“对，我现在理解了，那对你来说是多么大的伤害。”

“当你跟我说不想再见到我的时候，我本来想把整件事从我的角度讲给你听，但是，你的语气那么坚定，而且我也不想诋毁你最好的朋友。”

卡洛琳握住了他的手说：“我很高兴你能来，事后我也很生自己的气，因为我真的很想跟你在一起。”

瓦格纳笑了：“那我们这算是因祸得福了，都是因为海格力斯这虚弱的身体。”他冲我眨眨眼睛。

“顺便问一下，你觉得带海格力斯重新回到那里会不会对他的身体不好？我的意思是，毕竟是那些人把他送到了动物收养所。”

“正好相反，现在他已经迫不及待了。”

“是吗？”

“反正兽医极有可能变成他的主人，所以不用担心他会生病。”

卡洛琳看着他说：“你什么意思？”

“就是有可能。”他犹豫了一下，“不对！肯定是。”

然后，马克把卡洛琳拉到自己怀里温柔地亲了亲她的鼻子，这时候露伊萨刚好从花园里回来。

“天哪，爸爸！你真不害羞！”

马克放开了卡洛琳：“怎么会，我在热恋呢！”

卡洛琳踮起脚在马克耳边说了一句悄悄话，但是她的声音不够小，根本躲不过我出色的听觉，她说：“我也是。”

我把头伸到打开的车窗外面，耳朵迎风飘扬。今天真是超赞的一天，卡尔-里奥波德·冯·艾舍巴赫要回艾舍巴赫堡了。我仔细聆听了自己内心的声音。不，应该是这样的：海格力斯·诺依曼即将怀着崇敬的心情拜访艾舍巴赫堡。

感谢贝昂德、魏布珂、弗劳拉、伊莉丝、史黛菲、萨内、达哥马、蓓缇娜以及安娅，汉堡的弦乐器制造师舍隆·奥桑，当然还有阿雷克斯和菲特。